臨江河 幸福河

张吉美　夏明宇　等◎著

天津出版传媒集团
百花文艺出版社

图书在版编目（CIP）数据

临江河　幸福河 / 张吉美等著 . -- 天津 : 百花文艺出版社 , 2023.5

ISBN 978-7-5306-8549-5

Ⅰ . ①临… Ⅱ . ①张… Ⅲ . ①纪实文学－中国－当代
Ⅳ . ① I25

中国国家版本馆 CIP 数据核字 (2023) 第 071080 号

临江河　幸福河

LINJIANG HE　XINGFU HE

张吉美　夏明宇　等　著

出 版 人：薛印胜
责任编辑：魏　青
装帧设计：書點文化

出版发行：百花文艺出版社
地址：天津市和平区西康路 35 号　邮编：300051
电话传真：+86-22-23332651（发行部）
　　　　　+86-22-23332656（总编室）
　　　　　+86-22-23332478（邮购部）
主页：http://www.baihuawenyi.com
印刷：四川科德彩色数码科技有限公司
开本：889 毫米 ×1194 毫米　1/16
字数：188 千字
印张：12.5
版次：2023 年 5 月第 1 版
印次：2023 年 5 月第 1 次
定价：86.00 元

如有印装质量问题，请与四川科德彩色数码科技有限公司联系调换
地址：成都市郫都区成都现代工业港北片区港北二路 551 号
电话：028-88451797　邮编：610021

编委会

编　委　唐永红　许　彬　周　燚　周宝佳

曾垂华　蔡兰兰　聂雪梅　潘永均

刘佳佳　谢传润　刘洪兵　钟淳厚

作　者　张吉美　夏明宇　赵厚庆　海清涓

廖益书

特别鸣谢　永川区水利局

永川区河长办公室

目录
contents

臨江

临江河赋

临江广场

临江河赋

嗟乎！天公走笔，清流如篆，“永”字有经天之象；盘古赋宠，龙脉亘连，山形如纬地之“川”。葳蕤葱茏，巍巍乎高山养润；渊涵集蕴，汩汩焉涧壑涌泉。临江河肇自华家寺，含膏孕秀；永昌镇兴于三岔河，累月经年。汇碧之处，置县已历多代；流经之所，惠民何止万千。十数镇街，得益于九曲逶迤；数十村落，安祯于百湾盘旋。一路南行，临江河托付江津域；程功续计，朱扬溪汇入长江边。

赖之于水，一方水土养一方人；乐之于水，几多文人吟几多篇；导之于水，无数水渠灌无数地；蓄之于水，各处水库保各处安。育万物，衍人寰，兴文化，美山川。视河为母，天经地义；敬河为亲，理所当然。

然则风云难料，临江河屡遇休祲；河道叵测，古昌州常逢祸端。或火球在宇，周而复始滚伏旱；或暴雨如注，变本加厉搅龙潭。不堪回首，巴蜀赤地千里；心有余悸，凶波恶浪滔天。热烘烘，田土龟裂，河床露面；浪滚滚，房屋被毁，庄稼被淹。祈之国祚，祷告不断；求之观音，香烛续燃。

迨至前期，人为加害于河；鬼迷心窍，污染常源于贪。或贪或懒，或野或蛮，或私或狭，或赖或顽。乱排乱放，湛湛清流变黑水；乱丢乱扔，浊浊水底藏秽仙。脏乱差臭，天怒人怨；浑黑孽毒，虾死鱼瘫。

洎乎振聋发聩，五位一体；正本清源，万众攻坚。点线面织就网格，河长制担当在肩。精准施策，事半功倍；建管并重，臧明否严。联上下，勖全员；遵法纪，重宣传；惩恶行，改习惯；倡文明，树标杆。明察暗访，守夜巡旦，切污除淤，清漂捞残。不畏浚治之劳劬，不惮达标之艰难。雄心换来水清河畅，韧劲确保金山银山。克承前贤，效大禹而彪炳万代；继开新局，学李冰而惠泽黎元。

噫嘻！初始仅咫尺之窄，继而超寻丈之宽。长江入渝首站，临江河来自远古；上游护江关键，新时代再睹绵延。循其主流，滢滢溢溢；携其支流，湜湜涓涓。整治如整容，旧貌换新颜。

且夫功夫到位，回馈不凡。免曩昔之凶险，得无虞之安澜。旱时水库供水，涝时枢纽分担。稻禾果蔬，保田畴之丰产；煨蒸焖炒，喜食用之安全。

若乃沿途美景，目不暇接；两岸画卷，雅兴倍添。俯身赏倒影，远眺叹峰巅。菲菲也，缤纷片片；郁郁焉，翠绿芊芊。水稻金灿灿，莲藕何田田。鹤群觅水货，蝶鸟共翩跹。更有渡槽如虹，跨深沟而连陡坎；复见水库浩淼，映彩霞而起云烟。

尔其水文生人文，文化动心弦。奔流一线，串一线珍珠；采访数日，闻数日美谈。东坡传说，与水结伴；历代群贤，与水相关。昌州八景，古镇古塔，游人流连忘返；茶山竹海，男女石笋，其貌蔚为大观。诗文载乎典籍，故事传于民间。

若夫党恩浩荡，吾侪幸福美满；河水清幽，尔等怡悦甘甜。产城景融合，三湖之外添新景；新农村建设，临江河畔更光鲜。择水而居，图其方便；缘水而富，乐其冒尖。平坦步道观水景，农家小院胜花园。水之上善，善在人情心心相印；水之大美，美在生态时时变迁。快矣哉！临江河！天长地久，与日争焕；惠泽亘带，与民同欢！

赵厚庆 2022 年 10 月写于棠城

美

你美起来真好看

——临江河蝶变后的佳景

美如梦景神女湖

城市明珠兴龙湖

红旗河岸海棠盛开

神女湖廊桥

兴龙湖前牌坊

红旗河东站下游

长岛汇一景

红旗河畔的棠城公园
改造后的红旗河新貌

来苏稻虾基地

四通八达新永川

仙龙油菜花盛开

会龙桥村

幸福永川

来苏镇梳妆台

五间镇桃花岛

红旗河君临棠城小区段

长岛汇一景

上 游 水

圣水河上游水库

付家滩碧水翠屏湿地公园

临江河“芭江竹语”

临江河“金穗晓月”

河美江碧

临江河“孔雀半岛”

上游水库春景

来苏镇梳妆台河段

臨江

临江河的前世今生

何埂镇猫溪桥

临江河之叹

永川人民的母亲河，长江入渝的第一站，这，就是古老而年轻的临江河。

说她古老，是没等到永川县衙问世，她就备好了玉液琼浆，哺育着早就存在于斯的生灵，曼衍出本乡本土的文化。直到现在，清流里还能偶见秦时明月，蜿蜒中更显篆文笔锋。说她年轻，是因为她抛向大地的长练，后人为其打了不少漂亮的结；她的两岸新添了不少的景；就连过去林林总总的河段名称，由于河道整治工程深入人心，现在，全程都称作临江河了——这才 5 年时间呢（除了专业人员，临江河在老百姓心中就是指临江镇及其附近区域段的河，其余的就是站在哪段称哪段的名称，例如：三岔河、麻柳河、来苏河、登东河、宝峰河等等；且还有更小范围的称呼，例如来苏中学附近的弯凼河。至于临江河的支流，名称更多，据永川区水利局统计，多达 210 个）！

临江河从源头到江津，流经永川 15 个镇街 54 个村居，最后经江津朱杨镇汇入滚滚长江。昔日郊外，今日城区，有两条支流汇入主流，称为“三河汇碧”，形如篆文“永”字。哦，原来永川因此而得名。

壬寅寒露，雨霁秋凉，我们来到母亲河的发源地宝峰镇华家寺。抬头望，但见翠林叠嶂，烟雾缭绕；俯身寻，未见明水冒出，唯有草丛湿漉。向导指着沟下，一条细溜溜的小溪闪着亮花花的清水流往山涧。临江河正式亮相了！

不过，我们始终没能明白，到了万木葱茏的发源地，临江河呀，你为什么这样深藏不露？为什么默默无语？古往今来，你是不是遇到了太多的变故，太多的波折乃至屈辱？你为两岸儿女曾经有过怎样的付出、欣慰、惊叹、遗憾或者悲伤？

我们真想知道你的前世今生。

或许，夏日滂沱，水库的泄流声、河堰漫堤的咆哮声、滩口水流湍急的撞石声，正是你抚今追昔叩击心扉的诉说。

人们都说一方水土养一方人，此言不虚。择水而居，村庄多起来了，小镇兴起来了；赖水而养，田里稻谷黄了，土里瓜果香了。山水生辉，人杰地灵，乡土文化代代相传。

这么好的临江河，哪有不逗人喜爱的？然而，偏偏有时天地无情，偏偏有人不惜不恭。这让临江河在漫漫岁月中承受了太多的伤痛。简单说来，一是天灾，二是人祸，使我们不堪回首。

先说天灾吧。

明朝嘉靖二十四年（1545），7月旱至次年不下大雨，赤地千里。

清朝康熙二十三年（1684），5月至8月未下大雨，禾苗干枯，井水不够吃用。

清朝光绪十年（1884），夏秋连月干旱，栽秧后连旱4个月左右。路边常见有饿死人的惨象。

1914年8月到1915年5月，八九个月未下大雨。临江河基本断流，人从河这边走到河对岸不湿脚。

1933年，连晴80天。临江河奄奄一息，连呻吟的力气也没有了。

1936年，包括永川在内的重庆地区5月至8月大旱，“田有折龟之象，土成焦灼之形”。

1946年，自头年秋季到当年5月未下透雨，无水栽秧。张家、永安等6个乡受灾最重，面积达21000余

河道清漂

亩，减产六成至八成。

1961 年，永川两段夏旱达 52 天。

1975 年 7 月 6 日至 8 月 6 日，伏旱 31 天，永川受旱面积 275000 亩，干旱影响晚稻的栽插，原计划 210000 亩，至 8 月 4 日才栽 168300 亩。

1984 年 9 月至 1985 年 2 月，总降雨量 145.7 毫米，比历年同期偏少 50%，严重影响了小春的幼穗分化和灌浆结实。仙龙、朱沱两个区共有冬水田 7.6 万亩。黄浑干裂 5.2 万亩，占 68.4%。无水缺秧田的农户占 40%。因春旱影响，早稻 9.8 万亩受到损失，减产 1755 万斤。

2003 年 2 月至 4 月，临江河下游朱杨镇（属江津区，当时为江津市）春旱，无水栽种面积达 7425 亩。

2006 年，永川断续干旱 53 天，其间总降雨量才 51.1 毫米。高温天气按当时统计为百年之最。是年受灾人口 54.8 万人，其中，饮水困难的 18.32 万人。临江河枯水、断流。

2022 年 6 月 28 日到 9 月 2 日，永川区出现了持续 67 天的特重气象伏旱天气。伏旱期间，永川城区平均气温 31.7℃，较常年同期 27.6℃偏高 4.1℃；日最高气温达到 40.0℃的日数达 18 天，超常年同期 17.2 天；日最高气温达到 42.8℃，分别出现在 8 月 19 日和 8 月 23 日，超历史极值，为有气象资料以来第一位。期间总降雨量 66.7 毫米，较常年同期 349.6 毫米显著偏少 81%。总日照时数 546.0 小时，较常年同期 389.2 小时偏多 40%。唯有这一年，与临江河整治以前对老百姓的影响大不相同。虽然临江河的部分支流干涸，山坡上的竹木包括果树也干死了不少，但居民供水和企业用水一直得到了保障。

卫星湖竹溪夜雨石板桥

干旱受不了，水涝也难受。

乾隆六十年（1795），永川大水，滨河人家冲塌无数，人栖树顶，饥饿而死。

光绪二十二年（1896），9月20日，永川大雨，河水上涨15米高，临江的染坊庙子进水。

1922年夏秋涨水三次，以6月30日晚最大，猴溪河涨水1.8丈，沿河冲毁房屋甚多，下街子被淹没，人不能退走。九龙河冲走了不少东西。

1937年7月15日，大雨如注，山洪暴发成灾，沿河街巷顿成泽国。

1941年9月8日到9日午后，永川大雨，山洪暴发河水陡涨，有2丈之余。从小南门内淹到大兴街中段，宋景桥庙子淹到房檐。沿河两岸房屋冲毁甚多，人畜也有伤亡。

1956年，来苏伍家坝沿河农田被淹，街道进水，最深处达1米；何埂的吴家坝比伍家坝受灾面积更宽，庄稼被淹得更惨，以至于民谣如诉如泣："有女莫嫁吴家坝，落雨三天烧床架。"

1962年，从7月3日起，永川连下5天暴雨，最大雨量达255.7毫米。关门山水库人为决堤，不仅淹了附近3个村，而且使永川城区低处房屋倒塌，高处的部分街道亦能划小船。

1974年5月20日，永川下大暴雨，1小时内降雨强度达78.5毫米。花果山煤矿一位工人被洪水冲走淹死。西北乡的田坎被冲垮1000余根，水稻被淹20多亩。洪水致使革命水库漫堤，平时的溢洪道成了摆设，只好眼睁睁地看着庄稼被淹。

1981年的水灾特别厉害。7月2日，全县暴雨。其中朱沱、双石两区受灾最重。全县淹没40多户，房塌20多间，4人死亡，渠道被毁坏40多处，电灌站被淹9个，冲毁变压器8台，垮塘21口，朱沱白龙桥和王沙沟桥被冲垮，2042亩水稻受损。8月13日至14日，连降暴雨、大暴雨，两天雨量达到215.6毫米。双石、来苏区降特大暴雨。其中双石区13日至14日降雨量达416.3毫米。永川县城24条街被淹没，达60%。当时永川全县7个区、1个镇、41个乡、365个村、1833个队遭受洪灾，被淹群众6万户、27万人、房屋1万间，垮塌2402间，淹没农田8500亩，冲毁水利设施8处、电灌站49处，冲毁山坪塘60处、电动机131台、公路桥24座。据时任关门山水库管理所的水文员吴会彬介绍，那年8月14日凌晨暴雨的强度不是一般：接雨量器流下的雨水都用瓷盆接，两个人守在瓷盆旁，边接边量，如果端慢了就会溢出盆外。

2002年5月11日，临江河下游溶溪河突发洪水，冲毁了江津区（当时为江津市）朱杨镇的河坝街。

其他自然灾害也没能让临江河得到安宁。

城区河道清漂

清朝乾隆二十二年（1757），来仪凤凰沟地震致地裂长约丈余。

光绪十九年（1893），地震致仙龙牛门口地陷，深丈余，长半里许。要知道，凤凰沟的附近就是临江河，牛门口不远处就是临江河的一级支流圣水河呀！

2004年12月26日上午9点20分到50分，永川双竹、三教、吉安、仙龙等镇，受印尼发生8.9级强烈地震影响，部分塘库发生罕见水震波现象。吉安镇五星水库和三教镇尤为强烈。三教镇的邓家岩水库水位下降9厘米，失水6万立方米。其他水库失水情况可想而知。

提到人祸，说来也话长。

新中国刚成立之初，一穷二白。千头万绪，在废墟上建大厦殊为不易；上上下下，甩掉穷帽的心情非常急迫。临江河伴随着茫茫岁月奔流不息，流到1958年，“三面红旗”飘得高高的：鼓足干劲，力争上游，多快好省地建设社会主义！大跃进！人民公社！“水、肥、土、种、密、保、工、管”的农业“八字宪法”深入人心。趁着“一大二公”，关门山水库、上游水库、卫星湖水库等中型和小二型水库的建设齐刷刷地上了马。那时的人热血沸腾，十五年超英赶美。曾经流传着这样的诗句：“天上没有玉皇 / 地下没有龙王 / 我就是玉皇 / 我就是龙王 / 喝令

三山五岳开道 / 我来了！”我，指的是大我。人多力量大，大大小小的水库真的修成了，临江河长长的飘带真的打了不少漂亮的结。

蓄水，灌溉，保农田，保居民，保工业，有了水库好处真多。但老百姓的日子并没多少改善。被水库淹没的，全是山沟里的良田沃土。一部分农家迁出了库区，一部分农家则靠后移居到山上。山上土地贫瘠，栽种的主粮是玉米和红苕，因为抗旱防涝能力十分脆弱，所以收成很差，农民的日子过得十分清苦，所在的村子也就成了贫困村。加之水库土建工程刚刚完成，就遇上三年自然灾害，老百姓就更穷了。政府在这时也想了不少办法，让库区的贫困户吃返销粮。何为返销粮？这里不得不多说两句。当时的粮食政策是“统购统销”，也就是说，农民产的粮食一部分由生产队根据人口状况和劳动工分等要素进行分配，其余的全部由国家收购，国家销售。销售的主要对象是非农业人口（对军队不叫销售，叫供应），价格由国家制定。返销粮就是一部分粮食返销给库区贫困户。鉴于库区贫困户没有工资收入来源，定量的返销粮是以最低销售价提供给贫困户的。除了给贫困户返销粮以外，还配套了一个“以粗换细”的政策。即库区农民可以用粗粮按一定比例到粮站换取细粮。然而，贫困村依旧是贫困村。为什么？交通阻塞！

姑且不说“粮食引路菜当家”，仅出水库回家门这一来一往就让库区老百姓吃了不少苦头。就是政府也是手长衣袖短，在困难时期拿不出更多的钱来解决交通问题。

关门山水库从永泸桥下面的和尚湾起，一直延伸到太平寺脚下，弯弯曲曲一二十里。当时的响水大队（现为关门山村）出个开会通知，要花大半天。人们上山打柴，或者库区社员赶场，唯一跨岸的桥设在侯家老院子外面。虽然这里水面窄，但还是要经过几根棕树连起来搭桥那么长的距离，才能到对岸。人们将两三根棕树棒并排捆绑在一起，搭放在水中的巨石上，过桥时桥身一颤一颤的，让胆小些的人总是战战兢兢，生怕掉进水库里。

响水小学的万老师，当时正教着20几个娃娃的复式班，每天到学校必过此桥。她有晕病，平时过桥前面有学生牵，后面有学生扶。可是当遇不凑巧前后无人时，便只得俯下身子手撑着树棒搭建的桥面一步一步往前爬，好像连五脏六腑都在颤抖。冬天，尤其是冬季的下雨天，树子滑溜溜的爬着不是滋味。那时，她已是临近退休的人了！她想的是：孩子耽误不得！

除了这座唯一的“桥”以外，人们在连接两岸主要路道最宽的地方也安排了一条渡船。这边有人这边上，那边有人那边上。人在哪边下船，渡船就停靠在哪

建设污水处理厂

边。一个深秋季节，一位热恋中的蒋姓老师周末从新店小学走十多里山路来到关门山水库渡船处，未料船夫下班，渡船恰恰停靠在对岸。此时已近傍晚，蒋老师只好凭着过硬的水性游过一里多宽的水面到达对岸，筋疲力尽地瘫坐在堤坝上，好一阵才赶路到来苏去见他的女朋友。

临江河清漂前后对比

关门山水库狭长，上游水库方正。本来蓄水量就比关门山水库多1000多万立方米的上游水库，越方正水面就越宽，老百姓过水库就更难。五间镇桃花岛所在的合兴村是由4个村合并而成的。其中的同心村像个孤岛，看得到水，得不到水。村民外出赶集，办事等都需渡船，或步行绕道十多千米才行。由于无路无桥，学生读书才安排了一只船。船不空时，便用打谷子的拌桶（亦称“挞斗”）当船送人赶场。

20世纪70年代，农户自养肥猪出栏后，必须凭宰杀证送到五间公社集中宰杀。同心村养猪的人很无奈，自家人手少，就得请四个人抬猪运猪。经水路转旱路来回也得一天，当时杀个肥猪收入几百元，就算是帮忙，请人抬猪运猪的伙食开支就得花掉上百元。一年到头提潲桶，捏潲瓢把儿，就这样除了锅巴没有多少饭了。

2008年以前，同心村王祯明家修建楼房，水泥、河沙、石子、砖及预制板等都要请人运到上游水库堤坎上，下车再装船运到同心村，再下船请人运回家。“豆花盘（盘，土语，意为‘搬运’）成肉价钱”，修一套房子单是转运费就花去了几万元。

望着浩渺的库区水面，两件亲历的往事再次浮现在五间镇合兴村党委副书记王祯明的眼前，让他顿感锥心之痛！1981年夏季的一个赶场天，同心村的村民忙着去上游水库河边赶渡船去新建赶场，当时岸边30人左右等船等得着急，偏偏不巧的是，唯一的一艘渡船到千秋一社的岸边接人去了。这时，上游水库管理所的周显华划着工作所用的小船经过候船的人群，见大家焦急万分的样子，便答应村民的要求分批送人去水库对岸。谁都有事，谁都着急，当时就有9人争先恐后地挤上了船。人多了，小船颠簸得厉害，快到对岸的时候，整条小船沉入水中。尽管对岸的村民发现小船沉水后都争先恐后地去营救，可是被救上岸的只有7个人，一清点，男村民唐友明、女村民喻身清不见了。慌乱中众人惊呼，人心惶惶。后来政府和上游水库管理处相关领导组织了水下打捞队，经过三天的时间才分别把唐友明和喻身清打捞上岸，周显华因此受到了严重的处分。1993年农历三月的一天，又遇上新建赶场，再次发生小船载人沉入水库的事件，导致一对母子溺亡。死者是合兴村原石猪槽村民小组的吴修志，当时才30岁左右，其儿子莫天虎则只有7岁左右。

同心村的娃娃过去读书也是很苦的，到新建读书来去两头黑：天不亮就去学校，放学后天黑了才回到家。今年57岁的罗玉东回忆起自己读初中的情景，至今记忆深刻。那是一个深秋的下午，因老师留下补课放学回家晚了，到水库边准备候船回家，突然狂风大作，渡船来不了，于是与黄仁建等四五个同学步行回家。太远了，风又急，人又饿，天更黑，大家商量，便在半路上千秋村的岩洞里过夜。直到半夜过后风小一点，才跑到附近人家吃点东西借宿。这一晚，他们的家长当然也没能睡个安稳觉。

被污染的临江河

关门山水库的关门山村和上游水库的合兴村过去都是贫困村。贫困村的一大特点是光棍多，两个村都各有 40 多个娶不到婆娘的光棍。

临江河怕的是河床抬高，抬高了就容易漫流和乱流。过去，无论在上游、中游还是下游，无论处于主流还是支流，大凡有桥的地方，一到夏天，好玩水的青少年往往从桥上纵身一跳，钻入水中“栽眯子”（因为在水底眼是眯着的）。慢慢地，水浅了，栽不成了。原来在水里踩的是沙底，后来踩的是淤泥。团鱼藏沙滩，有经验的人寻其踪迹，用一把叉子就能把团鱼叉住；后来因淤泥太厚，团鱼不知躲在何方。这该怪谁？很多方面要怪我们这些受其恩泽的人。追本溯源，还是水土保持出了大问题。1958 年大跃进，大炼钢铁时土法上马，砍了不少树木。20 世纪六七十年代那段特殊时期，靠山吃山，卖点“月亮树”（趁月夜上山偷砍的树木）来补充生活的不足，盗砍滥伐几近疯狂，森林面积日益萎缩。1975 年的永川县，森林面积减少到 18.4 万亩，森林覆盖率由新中国成立初期的 14%下降到 7.74%。一遇大雨暴雨，洪水就往临江河冲。浑浑浊浊，汪洋恣肆，洪水消退后，河床哪有不抬高的？

水源污染，临江河之悲，永川人之痛！

临江河到20世纪80年代，乡镇企业多起来了；到90年代，抓大放小，国企改制，私营企业多起来了。淘沙的，洗煤的，搅拌的，排废水的……人倒是赚了钱，水却吃了亏。与此同时，养殖业、餐饮业、食品小作坊、镇街农贸市场、城镇化粪池排污以及农村黑臭水体等，通通打起了临江河的主意，致使整个永川的点源、面源污染多达30956处，单是城区直排污染源就有12449处。治了又犯，犯了再治，很长一段时间，管网治理显得苍白无力。临江河最近一轮治理前，老城区管网病害率达70%、新城区管网病害率达30%。

有些人的生活陋习对临江河造成的伤害极其严重，令人惊讶和憎恶。原本清澄见底的河，原本取水做饭的水码头，皆因脏水乱排、垃圾乱堆、果皮乱丢而变得又黑又臭。三岔河，20世纪60年代中期以前经常举办游泳比赛；此间的水东门，挑水的人络绎不绝。然而，这一切景象都因后来的水源污染而消失了。老城区的几条支流就连鱼虾也难存活，淤泥臭得熏人！临河人家连窗户都不敢开，岸边的过路人总是掩鼻而过。垃圾沉淀并腐烂在河底形成了淤泥，浅一点的有一米厚，深一点的竟然达到1.8米！一个普通成年人即使站着，淤泥也能把他活埋了，就连头顶都见不到！这真叫人毛骨悚然。

临江河，你该大声呐喊：谁来救我？！

一江清水为谁流：永川人与临江河的和谐共生

重庆，永川，一座水与城市和谐交融的灵动之城、美丽之城。说永川，论永川，离不开与永川生生同兴、美美与共的临江河。

永川位于长江上游，是渝西第一大城市。是长江由川入渝的第一站，是重庆发挥“三个作用”、筑牢长江上游重要屏障的第一道关口，是“上游”中的“上游”。公元776年，永川置县，三河合流，因水得名。根据清光绪《永川县志》记载：“附城三水合流，形如篆文，‘永字，曰永川者，因水得名也’”。

临江河、溪河（今跳蹬河）、文曲河（今玉屏河）三河，分别从东、北、西三个方向流淌而来，最后在永川城内三岔河附近的永泸桥处汇合，形如川字，正如明代永川县教谕诸华所写：“流成永字三江秀，汇入碧川万顷涛。”置县1200多年的永川，因水而成、因水而名、因水而兴，历史悠久、山川秀美、人文璀璨。

治理之前的临江河

永川位于四川盆地东南低山丘陵地带，属亚热带湿润季风气候。境内河流水系比较发达，共有大小河流200多条。其中长江干流过境 21.5 千米，另有属长江水系的龙溪河、临江河、圣水河、九龙河、大陆溪河以及属涪江水系的小安溪河等 6 条主流河。

其中发源于永川境内的临江河，为长江上游一级支流，全长 100 千米，其中永川河段 88 千米，流域面积 655 平方千米，承载着流域内 75 万永川人饮用水以及 38.7 万亩土地农用水功能，是名副其实的永川人民的母亲河。

千百年来，临江河和其他河流，就像遍布永川的大小血管，将新鲜血液和养分输送到永川的每一个角落，滋养着生活在这片土地上的子民，在漫长的悠悠岁月里，繁衍生息，创造历史。

自古以来，临水而居，择水而憩，就是人类亲近自然的本性，也是人类亘古不变的梦想。中国文化的自然属性是“崇水”。老子云：上善若水。水善利万物而不争，处众人之所恶，故几于道。水之“德性”可谓至善！水之“意象”可谓至上！

一座城市，一个村庄，甚至一种文明，往往以河流而诞生，因河流而繁荣，因河流而伟大。水是生命的摇篮，水是文明的渊源！世界上的几大文明都和水有关。尼罗河流域的古埃及文明，两河流域的巴比伦文明，恒河流域的古印度文明，黄河长江流域的中华文明，都是如此。

在永川，临江河就是一条闪烁着耀眼光芒的河流，与因它孕育而生长发展壮大的城市村镇，还有世代生活在此的永川儿女，携手在千年的岁月时光里，绵延不绝，创造出了底蕴厚重的历史文化，尤其是水文化。

水文即人文，水文化是指以水和水事活动为载体的、人们创造的一切与水有关的文化现象的总称。临江河文化、永川水文化、长江水文化、中华水文化，一脉相承，源远流长。

早期人类在自然面前是懵懂被动的，这里的自然包括与人们生活关系最为密切的水自然。水文化产生形成在创水战水、治水防水、调水供水、节水惜水、管水护水、亲水嬉水、咏水写水等过程中，并以各种各样的形式表达呈现出来。

永川人在千百年来的发展过程中，与大小河流发生的关联可谓紧密，尤其是和纵贯永川全境的母亲河临江河，更是达到了生死与共的地步。人与河流，生发出来的水文化现象无穷无尽，丰富多彩，世代传承，青史留存。

至今流传在街巷村镇的涉水神话传说故事，仍在启迪着我们。盘古开天地，躯体化作河流湖泊，蕴涵着人水相生相成的愿景。大禹治水三过家门而不入，生动形象地反映了原始社会生产力低下，人们面对滔滔洪水，希望出现具有超凡能力的神圣，带领人们共同抵御洪水、战胜洪水的历史情态。这些神话传说故事，无不寄托着人们对人水和谐共生的壮美实践的心灵追求。

在永川，遍布的河流和大小水库、渡槽、提灌站等水利工程，旨在水效益，重在水利用。用水兴水文化遍地开花，硕果累累。

永川人修建禹王庙以舞龙表演祭拜河神，在永川，龙的崇拜与水的崇拜往往交汇在一起，舞龙表演既有双石镇的“小金龙”，又有红炉镇的“大彩龙”，还有吉安镇的“石松板凳龙”，这还不算南大街街道的“鲤鱼灯”。

水在人的生命生活里不可或缺，人水情缘深厚无比，各种抒发与表达不可胜数。在中国传统士人文化和艺术文化中，水作为人们钟情的对象和情感表达的媒介，常常会成为文学艺术创作的重要题材。咏水写水形式上既包括诗词歌赋体裁和其他文字形态的，也包括音乐绘画方面的。永川人咏水写水文化，宜比则比，宜兴则兴，旨在水再现，重在人有情。

永川林林总总的水文化成果充分显示了中华水文化内容的厚重性、禀赋的独特性和形式的多样性，引导后人探究传承发展。

在永川大地上流淌了千年的临江河，承载了历代永川人记忆的母亲河，随着社会的发展，人口的飞速增长，不堪重负。五年前，她就像一个病入膏肓的老人，满目疮痍，奄奄一息。

2017 年开始，永川区将临江河流域综合治理作为全区“一号民生工程”，举全区之力，全面推行河长制，打响了临江河流域综合治理攻坚战。经过查清源头、精准施策、系统治理、建管并重等系列措施，取得了阶段性成果。

2017 年基本消除城区黑臭水体，临江河水质由 2017 年的劣 V 类、2018 年 V 类提升到了 2019 年的Ⅳ类、2020 年的Ⅲ类水质，实现“河畅水清、岸绿景美、鱼翔浅底”的目标，通过“治理一条河，提升一座城”，带动全域水生态环境改善。

临江河，正呈现出一幅清水潺潺、人水和谐的美丽画卷。

在城区，兴龙湖、棠城公园、水景公园、三河汇碧等亲水景观相继成型。因为有水，风景里就有了潺湲的温柔，通透的灵性。“水兴则城市兴”，永川的城市发展，是城市与水共生。

临江河的治理成效有目共睹。两岸杨柳依依，白鹭翩飞，清流涓涓，又恢复了昔日三河汇碧的胜景，一跃成为重庆市“最美河流”。河畅水清、岸绿景美、鱼翔浅底的临江河，已经通过“治理一条河，提升一座城”的各项有力举措，带动了全域水生态环境改善，使得永川成为一座人水和谐，水景交融，健康宜居的幸福之城！

2022 年 4 月，水利部在重庆等 7 个河湖长制工作获国务院督查激励的省市，开展幸福河湖建设。临江河成为西南地区唯一入选水利部首批“幸福河湖”建设的项目。

临江河全国幸福河湖建设项目覆盖整个临江河流域，由永川区和江津区联合申报与实施。拟利用一年左右时间，围绕“防洪保安全、优质水资源、健康水生态、宜居水环境、先进水文化”等方面，打造“河畅、水清、岸绿、景美、人和”的全流域幸福河湖。

三河汇碧载千秋，海棠香国自芳流。2023 年 3 月，临江河将以全新的姿态迎接全国幸福河湖建设验收。

未来可期，临江河、幸福河，就在永川人民与河流的生命共同体之中！

临江河综合治理工程

民心

民心工程

卫星湖竹溪广场

民心工程

——临江河综合治理工程实施纪略

一、一份六十人签名的议案书

水是生命之源。先人傍水而居，在岁月的流逝中积淀成人类的一种居住情怀。千百年来，永川人选择了临江河两岸作为栖息之地。

永川位于重庆西部，地处长江上游北岸，境内大小河流 256 条。临江河是长江的一级支流，也是永川最长的一条河流。在永川境内流长 88 千米，流经永川中心城区及宝峰、来苏、临江、五间、何埂等 14 个街镇。流域面积 655 平方千米，流域两岸有 75 万余人口生产生活，还承载着 38.7 万亩土地的灌溉功能，是永川人民名副其实的母亲河。

三岔河整治

曾经，临江河两岸翠绿，河水清畅，鱼儿欢游。

曾经，临江河蜿蜒流淌，绕舍的竹溪夜雨充满诗情画意。

曾经，临江河与玉屏河、跳蹬河两条支流在城中心交汇形成永字及“三

研究治理工作

河汇碧”美景，让人流连忘返。

曾经，穿越千山亦穿越千年的临江河，进入20世纪80年代之后便再也回不到千年以前……

随着流域沿岸产业发展，人口不断集聚，污染因素逐步累积，临江河流域水质逐步由清变浊，进而成为黑臭水体。特别是随着城市建设步伐加快，城市人口急剧增长，工业污染日趋严重，老城区的排污系统已经没有承载能力。淤泥沉积、河道堵塞等防洪问题日益严重。

曾经鱼翔浅底的清澈河流已不复存在，再也看不到铁岭夏莲的美景。每逢夏季暴雨，涝灾连连。水东门街上的穿斗房在风雨中被淹、被冲垮，铁桥下没过涵洞的浊水涨到公路上，车辆行人受阻后只得望水兴叹。病态的临江河成为永川人民的一块“心病”。

终于，群众的呼声被永川区人大代表集中反映出来。2007年2月，一份由六十人签名的《关于整治城区河道》的议案，在永川区第十五届人大会议上提出。谋民生之利、解群众之忧是党委政府的首要责任，议案得到高度

改造后的胜利河

重视，区人大第十五届一次会议作出了《关于实施城区河道综合整治的决议》，区委、区政府随即决定，将城区河道整治工程列为当年所有建设工程中的“一号民心工程”。专门成立了由区政府副区长挂帅的城区河道综合整治指挥部，从区水利局、生态环境局、住房城乡建委、城市管理局、城区各街道办事处等单位抽调近30名骨干组建办公室，着手方案设计，在区纪委及人大代表、政协委员的监督下，分玉屏河段、三岔河段、跳蹬河段、宋景桥至跃进厂段，公开招投标，全力推进工程建设。

二、重安全、守民心，启动临江河治理工程

水患影响人们的生命财产安全，历朝历代都有治水的记载。大禹治水三过家门而不入，李冰父子修筑都江堰，秦始皇兴修水利强国强兵，汉武帝现场指挥黄河防洪等等，无不彰显善治国者必重水利之要义。

永川城区的河道治理是一个涉及面广、历史遗留问题多的综合治理工程。既涉及截污、清淤、护岸等工作，还要面临住房、门市、市场拆迁及土地征用等问题，弄不好会造成劳民伤财、再伤人心的二次民怨。

为此，区委、区政府多次召开方案实施论证会，成立了征地拆迁、工程建设、执法维稳、舆论宣传、督导跟踪等工作组，并细分专项工作，分别由多位区领导牵头，相关部门全力以赴组织实施。

具有悠久历史的永川老城沿河两岸建筑物密集，房屋临河甚至跨河而建，缺乏建设的原始资料，部分房屋和挡墙基础直接建在河床里的流沙上，历经多年风化侵蚀严重，一旦进行清淤和常年蓄水势必撼动其基础。为确保沿岸建筑物的安全和工程质量，在施工过程中，专家指导施工队对可能造成安全隐患的房屋进行灌注柱支护，并克服了闹市区施工场地受限、施工条件复杂、交通拥堵和周边干扰多等不利因素，克服了高温酷暑和超长洪水期对施工造成的影响。为让民心工程顺利推进，真正做到利好在人民，施工各标段不但配备了现场代表和监理，还

视察河道整治

饮水工程建设

落实了人大代表、政协委员和审计、质监等人员进行全程跟踪监管，定期召开工作例会，及时研究解决问题和困难，确保了工程质量和施工安全。

永川城区河道整治，历时6年、投资近6亿，完成了近2.5万平方米住房、门市、市场、土地等多种建（构）筑物的拆迁。拆迁中坚持以人为本，实事求是充分征求群众意见，按照政策耐心细致做工作，确保工作有序推进。治理工程在千方百计截住污流、竭尽全力提高防洪能力上狠下功夫，逐一排查沿河两岸以及河道上游的污水口和雨污混流口，发现一处治理一处，因地制宜对河道堤防设施进行加固，对跨河颈缩阻流河段及桥凼进行扩宽、清淤。通过治理，临江河城区河段防洪能力由原来的2—5年一遇提高到5—20年一遇，有的地段提高到了50年一遇，为城市安全发展奠定了良好基础。

如今，城区沿河两岸打通了步道走廊，修建了休闲节点和近水步道，初步达到了“河畅水清、岸绿景美、休闲兴商”的治理效果，向永川人民交上了一份圆满的答卷。

三、深度治理，民心工程再上台阶

城区河道治理初战告捷后，永川区委、区政府并未停下脚步。就整条临江河而言，城区河段仅仅是其中一部分。为了让临江河整条河流都能“河畅水清，岸绿景美”，让沿河两岸的百姓都在河道治理后获得收获感、幸福感，区委、区政府再次扬帆，踏上还百姓一个青山绿水生活环境的征程。

多年来，永川在河道治理和护水保水过程中积累了丰富经验，也存在一些棘手问题。诸如各部门分责而治，河岸绿化河内清漂由城市管理局管，排污工程建设由建委主导，河流抗旱排涝又由水利局管控。哪里出现问题，通常是解决面上的问题，而深层次的问题并未触及，容易造成谁都管而谁都管理不到位的情况。河道整治出现倒退。让群众有怨言，人大代表、政协委员们更是着急，纷纷通过议案、提案向区委、区政府呼吁：保护母亲河，保护好我们的生存环境。这些议案和提案交由相关部门办理落实，件件都得到了实质性回应。

为摸清情况增强治理的有效性，由环保、水利等部门牵头，对涉及临江河流域的十多个镇街进行了摸排调查。调查发现沿河两岸城镇管网病害率高达70%，有的镇几乎没有建设污水管网，直排污染源多达12449处，各流域养殖业、工业企业、城镇排水等点源、面源污染源30956处，73.5%污水处理厂（站）运行排放不达标。

一组组令人忧虑的数据摆到了决策者的面前。于是，区委、区政府再次将临江河流域综合治理列为“一号民生工程”，以壮士断腕之决心，还百万永川人民青山绿水的生活环境。

2017年2月，区政府印发《关于成立永川区临江河流域综合治理指挥部的通知》，由区委书记、区长亲自担任指挥长、区级领导分头挂帅的组织机构建立，下设工程管理、执法维稳、舆论宣传、督导追责四个工作组，有的放矢地在城乡结合部19个区域开展污水专项整治：老城区20.9千米两片管网分流；城区125处排污口专项整治；河道清淤及清源专项整治；河道补水专项整治；河道生态修复专项整治；污水处理厂建设运维专项整治；工业企业污染专项整治；养殖污染及屠宰行业专项整治；农贸市场污染专项整治；小作坊污染专项整治；餐饮行业污染

卧龙凼改造前后

专项整治。对12个专项工作班子提出了严明责任、严格考核、严肃问责的工作要求。2018年，永川区委及时出台《永川区全面推行河长制工作方案》。在落实推进河长制过程中，率先于全市将河长制调整完善为河段长制，并严格落实考核问责机制，实行以水质考核为主的水环境考核每月排名通报制度，同时创新河长管理机制，让河道管理规范化、制度化和网格化，启动流域生态补偿机制。先后制定了《城镇污水排放长效管理机制》《水污染治理快速响应联名执法机制》等一系列管理办法，强化日常监管，巩固治理成果。

玉屏市场整治前后

四、加大投入，坚持生态优先，让临江河更好更安全

近年来，永川区深入践行习近平生态文明思想，深入落实“节水优先、空间均衡、系统治理、两手发力”的治水方针，不断深入推进河长制，认真贯彻落实市总河长第1号令、2号令、3号令、4号令精神，紧紧围绕“一河一长、一河一策、一河一档”的总体思路，对临江河开展水资源保护、水污染防治、水环境治理和水生态修复，取得了“治理一条河、改变一座城”水岸同治的新成效。据不完全统计，多年来，在临江河流域治理工程中，永川区水利、环保、城管等部门积极争取资金8000万元，尤其是永川区水利部门对河道维修改扩、增建作了详细论证报告，向水利部和重庆市争取资金4000万元，启动了临江河上游关门山水库—城区系统治理工程、临江河综合治理工程、圣水河综合治理工程、大竹溪综合治理工程、水碾河综合治理工程及5个河湖水系联通工程、十多个水涵养水湿地保护工程等22个项目。

为全力保护好永川水资源，区水利局在牵头制定实施了全区“十三五”水资源综合规划的基础上完成了“十四五”水资源综合规划编制。把做好水资源开发

利用、落实水资源管理机构，加强水资源监控作为重心工作，共在临江河河道内建设取水设施8处，其中水力发电站7座，共计

水生态修复

现场研究治污方案

取水5.15亿立方米，确保流域水资源按规划有序开发利用。2019年机构改革，进一步明确了全区水资源管理有关机构及其职能职责。目前临江河流域共建有3座水文站、33个自动水质监测站，视频监控河段4个，通过人工与智能化等现代科技手段对流域内的水位、流量、水质进行实时监测，为上级部门提供可靠的决策依据。

为加强流域水污染防治，区政府印发实施《重庆市永川区水污染防治行动实施方案（2016—2020年）》和《临江河流域综合治理实施方案》，并扎实推进方案的落实，目前已取得一定成效。同时加强入河排污口管理。严格按照《中华人民共和国水法》《入河排污口监督管理办法》等法律法规对入河排污口开展监督管理工作，建立了入河排污口信息台账，开展监督监测，对渝西污水处理厂入河排污规模大的排污口实施了在线监测。严格入河排污口审批，强调实地调查和专家论证，还对拟审批入河排污口先进行公示（截至目前临江河流域批复8个入河排污口），以确保审批质量。

为强化面源污染治理，区政府坚持问题导向，由各区级责任部门牵头，持续开展各类面源污染源的系统治理。自2017年以来，共整治污染源41100多处。其中，整治畜禽养殖场3910家、屠宰场27家，取缔128座水库和6747口山坪塘的肥水养殖并收回承包权；整治工业污染企业305家、食品小作坊437家、餐饮企业4093家、农贸市场81家，还对城镇74781个企事业单位和个体工商户排水户进行集中治理。

为扎实开展水环境治理，区政府一是实施污水管网建设工程，投资8亿元，新建城乡污水管网329.7千米，修复和雨污分流改造城区一二三级污水管网683.3千米。二是实施污水处理厂（站）建设工程，投资6.3亿元，计划新建和提标改造工程污水处理厂（站）89座，目前已完成75座。通过近几年的综合治理，2020年临江河流域4个水功能区达标率为100%，达到了重庆市级考核要求，

治污工程

茨坝出境断面全年均值达Ⅲ类。在此基础上，永川区全面启动流域水系生态修复，加快河库连通工程建设。近几年来，共投入5.58亿元，实施了关门山、小安溪、孙家口、龙门溪、上游水库等5条河库水系连通工程。截至目前，关门山、小安溪、龙门溪、孙家口等4条河库连通工程均已建成并投入使用。与此同时，还实施了南瓜山水库向城区河道补水的河湖连通工程。建设跳蹬河、萱花河、胜利河源头污水就地提标处理排放中水回用以及永川污水处理厂中水回用等工程，有效缓解了城区河道水源稀缺的难题，河道生态功能得到逐步恢复，临江河人水相亲、人水和谐的美丽画卷重新回到了人们身边。为全力保障流域生态流量，临江河干流截至目前共建有5座水电站，其中4座引流式电站，1座坝式电站，总装机3055千瓦。引流式电站按照常年流量的10%建设了生态下泄流量，5座电站均安装了生态监控设施。三是实施河道生态修复工程，努力提升城市品质。针对城区河道底部淤泥堆积、源水匮乏问题，重点开展城区26.6千米河道清淤，清除城区河道长年累月沉积污泥，对1013千米河道开展常态化清漂，确保了河道水面干净，行洪通畅。

五、打造重要节点，让临江河因更美丽而成为幸福河

因水得名、因水而兴的永川，要让临江河这条永川人民的母亲河岸绿水美，真正成为助推城乡经济发展，护佑两岸人民的美丽河流和幸福河流，就必须重视水文化遗产的保护与利用。临江河治理的最终目标，要体现产、城、景融合，要达到经济发展与精神文化同步升华。决策者们坚持以发展理念谋划综合治理。以科学规划为导向，邀请水利部、南京水利设计院等水利规划设计专家问诊把脉，还与重庆水电职业技术学院联合开展永川水文化遗产调查，将水文化融合到水利工程建设中。2022年，在探索建设幸福临江河的实践中，综合利用原位水生态修复技术、海绵城市技术和多功能无动力装备等，重点打造滨水岸线梳妆台广场、稻香湿地、孔雀半岛、金穗晓月、三河汇碧、大通湿地、芭江竹语、临江幸福广场8个景观节点。在全面提升临江河河流自净和抗冲击能力，保障河道生态基流，

防治水土流失，提高入河径流水质的同时，强调了景观设计，并融入永川地域文化、茶竹文化、历史特征和地域景观等元素。建成后将做到每一节点既有治污净水的重要功能，也是供市民休闲观景的极好去处。如来苏梳妆台景区下面，临江河在万亩良田中蜿蜒，整治后修建塑有宋代大文豪苏轼雕像的展示梳妆台人文历史的小型广场。在河道回水处建人工湿地，采用人工湿地净水技术净化消纳农业面源污水，利用湿地尾水实现节水灌溉。目前河道里水生植物蓬勃生长，根据需要岸边栽种了灌木花草。阡陌良田引入对水质要求较高的河虾养殖，稻虾产业成为来苏振兴经济发展的主要农业项目，得到较好发展。

原来雨污混流直排，景观缺乏层次感的卧龙凼通过利用智能雨水截流，提升井私潜流湿地技术净化水质配合模块化主体湿地和垂直绿化技术进行岸坡主面景观提升的建设整治，一幅芭江竹语的美丽画面呈现在市民面前。还有在新修葺的胜利河“三河汇碧”处雕刻三河汇碧和永川因水得名的历史故事图画。在神女湖畔设置象征中国传统文化的“鼎”，给水利工程增添了文化内涵，让水利景观成为文化的承载者。

几年来，通过重拳“治水”、铁腕“治病”、系统“治根”，永川区水生态环境治理实现了几年前制定的预期目标，全区各流域水质得到明显改善，临江河流域城区段消除了黑臭水体，临江河水质一年上一个台阶，由 2017 年的劣Ⅴ类相继提升到 2018 年的Ⅴ类，2019 年达到Ⅳ类再到 2022 年稳定实现Ⅲ类水质。整治临江河，就是造福子孙、造福未来。2019 年，永川区临江河最大支流圣水河获评重庆市“最美河流”。

永川区“治理一条河、改变一座城”的综合效应正在实现，“河畅水清、岸绿景美”的生态画卷重新展现，人民满意的幸福河又回到了大家身边。生态治理后的永川不仅成为青山常在、绿水长流、空气常新的宜业宜居之地，而且为百万永川人民带来了人水相亲的幸福感和获得感，还为永川赢得了全国森林城市、中国最具幸福感城市等荣誉桂冠，也为永川的经济发展和城市拓展注入了新动能。近年来，长城汽车、东鹏陶瓷、庆铃新能源汽车、雅迪电动车、阿里巴巴客服、中国船舶（原中船重工）等企业先后落户永川，将这里作为新时代新征程再度腾飞发展的基地。

如今，永川区城区的兴龙湖、棠城公园、水晶公园等亲水景观相继成型。同时，以临江河及其支流的场镇为节点建设亲水步道，小型广场比比皆是。风景如画的沿河岸边已成为人们享受生活、散步休闲的好去处。

考察

临江河源流考察记

永川青峰河边青峰红高粱基地

宝峰人的上游担当

掰着手指头细细数了数，我们发现好多好多的城市都有一条属于自己的母亲河。作为长江入渝第一站的永川，我们当然也有一条自己的母亲河，那就是临江河——永川人民当之无愧的母亲河。她是长江的一级支流，在由西向东穿城而过，差不多横贯永川全境后，又一路奔腾着流向东南，最后在江津区境内的朱杨镇汇入长江。

根深才能叶茂，源远才能流长。临江河全长大约 100 千米，在永川区境内流长 88 千米，流域面积 655 平方千米。承载着流域内 75 万永川人饮用水及 25812 公顷土地农用水保障功能的临江河，从什么地方出发，沿途经过了哪些地方才抵达万里长江？作为一个生于斯、长于斯或者长期生活在永川的人，不知道临江河的源头在哪里，也不知道临江河的终点在哪里，是内心有愧的，是不合格的永川人。

为了做一个问心无愧的合格永川人，金秋十月，我们考察组一行五人开始在水利局工作人员的陪同下前往宝峰镇探源，计划用一周左右的时间走完临江河 100 千米左右的全程。从永川城区到宝峰镇仅 25 千米，白色越野车行驶在宽敞漂亮的水泥路上，半小时车程轻松且愉快。

据说宝峰建场于清初，位于英山山脉之南麓，貌属深丘，是重庆市的永川、荣昌和四川省泸州市三地交界处，成为永川西部的边陲重镇。宝峰原来煤产量极大，采煤曾一度是镇内的主要产业。

从宝峰镇街到中嘴上村七组，经过已废弃的水巴岩煤矿，带路的宝峰镇工作人员说华家寺到了——原来，临江河的源头就在这里！这真的是临江河的发源地

宝峰镇临江河源头

吗？我们欣喜若狂地跳下车，满以为迎接我们的将是一条潺潺的清流。然而，却见到没有乐章般的流水淙淙，没有白纱似的水流瀑布挂在岩石上头，甚至连一点儿明显的水流迹象也没有，也没有什么香烟袅袅的古寺庙。出现在我们眼前的，只有英山南麓云雾缥缈的深丘，只有苍黛葱郁的山林，只有马尾松、杉树、青杠、香樟、刺槐、丝栗，只有楠木、鸡血藤、黄荆、狗尾草、天南星、大叶桉，只有从竹林里飞出来闹喳喳的几只麻雀和一群不知名的小鸟。

“没有河源呀！是不是带错路了？”队伍中有人嘀咕了一句。“不会错，就是这里。镇志上有记载，英山半山腰的华家寺水库和下雨时的高山流水、地下水汇集形成临江河（宝峰河段）的源头。华家寺古庙和华家寺水库都在海拔几百米高的半山腰，要从另一面爬上去才能看到。”带路的当地长者却一点儿不吃惊，不紧不慢地耐心回答道。

上善若水。几乎所有的河流都是山水、地下水和涓涓细流汇集而成，河流的源头一般都非常非常小，往往仅是几汪泉眼般的小孔溢出来的水量，至多是一条小山溪而已。一位同行的人也语重心长地说。

于是我们弃车步行，往回顺着来路仔细探寻，没走几步，果然看到地下有水冒出来。山上的水，地下的水，几股水汇成一条清亮的小河沟。哇，这就是源头——初生的临江河！华家寺，不识庐山真面目的华家寺，千真万确原来就是临江河的发源地。

据区水利局的同志介绍，永川境内重要河流包括长江流域、临江河流域、小安溪河流域、九龙河流域、大陆溪流域、龙溪河流域这六大流域。但是，只有临江河，才是发源于永川，并且主要流经永川，才是润泽了永川人民 1200 多年的母亲河……听着介绍，多愁善感的清涓百感交集中掉下了一串眼泪，她说这是有所感悟之后欢喜的眼泪，还是感动感激感恩的眼泪。“大家看呀，临江河似乎读懂了我的眼泪，更加欢快地向前流淌，流淌！”

临江河在宝峰镇境内流长 4 千米，除了临江河，宝峰境内还有一条龙溪河，也属于上游发源段。龙溪河发源于宝峰镇庆阳村，经永泸庆云江汇入四川省泸县三溪口水库。宝峰镇水资源较为丰富，境内有大沟水库、双河水库、深沟水库、三叉沟水库以及与来苏镇共享的红洞岩水库、革命水库等中小型水库。

探源成功的我们兴奋地沿着临江河前行，虽然时令已过中秋，沿河两岸的竹林、草木、庄稼等仍旧青翠碧绿。环保圈养的土鸡一群群结伴漫步，有它们陪伴，农家小院洗衣服的大姐笑容像蜜一样甜。农家小院的院子里有干净的自来水井，有独立的洗衣台，人们早已不用到河里洗衣服，安全又环保。宝峰镇矿藏丰富，以前煤厂多，6 个煤厂废水直排且金属超标排放，严重污染了临江河水质。后来政府关闭了煤厂。没有了煤矿的污染，加上水利局定期对河道进行清理，临江河才恢复了原有的清澈。水利局工作人员说，这是实行了河长制工作的结果，用制度来解决生态问题，上游尤其要有良好的开端。感叹之余，我们都表示心悦诚服。

临江河一路潺湲东流，在汇入永泸桥煤矿井地下水和大沟水库、深沟水库溢水之后，河道渐渐宽阔起来。过了大沟水库，我们在龙门溪稍作停留。龙门溪和临江河发源地华家寺水库一样，一半属于重庆永川，另一半属于四川泸州。所不同的是，龙门溪就在宝峰镇境内分流成两股，一股流入四川泸州，另一股流入永川革命水库再汇入临江河。龙门溪经革命水库至临江河河库水系连通工程，位于永川区来苏、宝峰两个镇境内。工程主要包括龙门溪至革命水库引水工程（引水

宝峰镇登东渡槽

隧洞长 3.905 千米）和临江河（来苏河）河道治理工程。整个工程完工后可以通过隧道将龙门溪—革命水库—临江河（来苏河段）连通，并向临江河生态补水以进一步改善流域水环境，同时通过对河道清淤疏浚，保障两岸防洪安全，改善群众居住环境。

登东河是临江河上游的一条支流，登东渡槽是登东河上的标志性建筑。渡槽是 20 世纪 70 年代生产力还比较低下时，比较盛行的一种水利灌溉设施。

位于龙凤桥村登东场口的登东渡槽，修建于 20 世纪 70 年代（1972 年），是由当时的永川县农机水电局仿照著名的赵州桥设计而成。渡槽整体由条石砌筑，采取桥梁式高空建造，以桥拱形式堆砌而成，由 5 个主拱、6 个引拱组成。桥面宽 2.8 米，过水面宽 2 米，深 1.6 米，长约 180 米。它至今存在的意义，在于为人们研究永川近现代桥梁和水利设施提供了重要的实物资料并具有一定的史料价值。2014 年 7 月，登东渡槽被列为永川区区级文物保护单位。

沿着登东河来到龙凤桥村，有人说龙凤桥村离杨大口村不远。杨大口村不但盛产水稻、小青南瓜、透明包菜、洋萝卜、青花菜、角瓜，还盛产恐龙——是宝峰恐龙的出土地。杨大口村发掘的宝峰恐龙是恐龙之乡永川目前发现的个体最大的恐龙化石，体长约 15 米、高约 3 米，生活在距今约 1.6 亿年前的侏罗纪。这具恐龙化石除头部以外，其余部分皆保存完好，也是永川区迄今为止发现的保存最为完整的蜥脚类、植食类恐龙化石，属马门溪龙，化石现存于永川博物馆。

说到宝峰恐龙，又不得不说到两个人：刘云书、吴先琼夫妇和他们 14 年守护恐龙化石的感人故事。他们是杨大口村的一对普通农民夫妇，刘云书在煤矿采煤，吴先琼在家务农。从恐龙化石发现到挖掘，刘云书和吴先琼整整守护了宝峰恐龙 14 年。

1999 年的一天，刘云书在自家地里清理排水沟，挖土时锄头碰出一团火花来。刘云书蹲下身子，刨出一块动物骨节似的大石头。

有 30 年采煤经验的刘云书明白，这么大的一块，绝不是普通动物的骨头。于是，刘云书赶紧报告了当时的永川市文管所。经过文物工作者鉴定，这块骨节石果然珍稀，是来自上亿年前的植食性恐龙的化石。

为了守护好恐龙化石，刘云书每天都守在屋后。白天，刘云书和吴先琼轮流看守现场，晚上刘云书在屋檐下铺张简单的床，仅用塑料布围起来挡一下风，一心一意守护着恐龙化石。至于个人的得失，纯朴的刘云书、吴先琼夫妇俩没有过多的考虑，只想把这块骨头保护好，直到相关部门把完整的恐龙骨架挖掘出来为止。

宝峰恐龙化石历经三次勘察及挖掘，终于在 2012 年 10 月全部出土。初步判断，其埋藏的地质环境为上沙溪庙地层，地质年代约为 1.6 亿年前的侏罗纪。作为最引人瞩目的永川本地挖掘出土的恐龙之一，据考古学家推断，宝峰恐龙为陆生蜥脚类古脊椎爬行动物，为素食恐龙，体长约 15 米、高约 3 米，生活在距今约 1.6 亿年前的侏罗纪时期。其保存完整度达到了 80%，这在全国都是比较罕见的。刘云书、吴先琼称得上是恐龙卫士。

漫步报恩桥头，目光随着清澈的凤桥溪流进登东河，又随着登东河流进临江河。喜欢流动的水，自然喜欢水中游动的鱼，也就喜欢水中生长的草。我们队伍里的清涓说，写过很多次流水，也写过很多次游鱼，却唯独没有写过水草。

水草，许多水生动物的栖身地。水草，也是一些双栖动物的食物。水草，还是净化水质和修复生态的水中环保卫士，所以人们喜欢种植它。

清涓还说，小时候她曾经见过一些野生水草，因为无名无姓，加上没有什么特色，所以见过之后就忘记了。只有荷花和水稻这两种人工培植的“水草”，深深印在了她的心里。荷花，水中的美人。稻米，水产的珍宝。亭亭玉立、芬芳四溢的荷花，是公认的花中君子。颗粒饱满、清香温润的稻米，是家家户户不可或缺的主粮。

同行的刘莉也说，每次见到水，她就会想到荷花和水稻，就会想见见除荷花和水稻之外的其他水草。荷花开过了，挤挤挨挨的荷叶像碧盘叠落。稻花开过了，沉甸甸的稻穗正努力由青转黄。走过龙凤桥村的文化长廊，凝视水草种植基地，她如愿以偿地见到了除荷花和水稻之外的众多水草。

梭鱼草、再力花、菖蒲、睡莲、美人蕉、莎草、浮萍、水葫芦等，曾经见过或者从来没见过的水草，一片片、一丛丛、一团团，郁郁葱葱，随波起舞，犹如一幅美艳绝伦、意境深邃的油画。

初初一看，种植面积最大的好像是薰衣草。奇怪，薰衣草是陆地生物，怎么会生长在水中呢？走近细看，才发现那些簇拥着上百朵蓝紫色小花的水草，哪里是什么薰衣草，分明就是来自北美的梭鱼草。梭鱼草属多年生挺水或湿生草本植物，形状特殊，叶片翠绿光亮，蓝紫色半透明的小花朵细细密密，优雅迷人。蝴蝶围着梭鱼草翩翩起舞，仿佛在告诉我们，自由美貌的梭鱼草，吸收的氮、磷较多，具有良好的净水效果。

比梭鱼草少一些的是再力花。清新可人的再力花，也属多年生挺水草本植物，紫色的花朵和绿色的花茎形态优雅飘逸。再力花和梭鱼草有些相似，都是叶片肥厚，开蓝色小花。不过，梭鱼草的叶子是长长的心形，再力花的叶子是椭圆形。再力花株型美观洒脱，是水景绿化中的上品花卉，除了有观赏价值，同时也还有净化水质的作用……

一位正在田间干活的村干部模样的老农告诉我们："这些水草的作用大得很哟！"它们不但可以净化临江河上游的水质，还可以提供给中下游需要的地区种植，并大量地栽种于永川周边的湿地，帮助周边区县净化水质。他还说，庄稼人历来重视管水，他们龙凤桥村的老一代村民，大部分都参加了登东渡槽的修建工作。如今年轻一代的龙凤桥村人，又积极履行他们身处临江河上游的"上游担当"，不让"一丁丁渣渣草草"流到中下游地区去，刚做完河道的清淤，又在做河岸的绿化、美化等综合治理了……这位老农还告诉我们，他们龙凤桥村过去一直是个"说不起硬话"的重庆市级贫困村，现在居然起了翻天覆地的变化，全靠临江河河道治理和党的扶贫政策好。两年前，上级从大学里面给他们派来了一位党性强、觉悟高、懂农业而且会经营的第一书记，带领大家齐心协力脱贫攻坚，白天晚上都和大家一起做工作、谋发展，就连自己的母亲得了重病也顾不上回家看看。他不但带领大家搞特色种植、生态养殖，创建"脱贫创业园"，还帮助村上办起了企业，让全村群众不但脱了贫，还建立了致富的长效机制，做到了与乡村振兴的有效衔接。原来的市级贫困村龙凤桥村，现在是永川区的“美丽乡村”和重庆市“一村一品”示范乡村。日子过得一天比一天好的龙凤桥村人，至今还经常念叨那位来自大学校园但是晒得和农民一样黑的“光头书记”……

听完村干部讲述的故事，再来凝视梭鱼草、再力花、菖蒲、睡莲、美人蕉、莎草、浮萍、水葫芦，以及荷叶和稻穗。我们便想，这些水草，也许真就是来报恩的吧……

一群白鸽用飞翔回答我们的“也许”。一条条四通八达的水泥公路，一幢幢粉墙黛瓦的农家庭院，倒映在临江河的碧波荡漾中。在临江河的发源地，鸽子的飞翔，与宝峰人的幸福同行；在宝峰恐龙的沉睡处，鸽子的飞翔，与宝峰人的梦想同行。鸽子用翅膀，小心翼翼地打开宝峰蓝，鸽子用翅膀，小心翼翼地收藏宝峰黄，所有贫困的过去，都变成了扶贫扶智和乡村振兴的现在。

在报恩桥俯瞰流淌的凤桥溪和登东河，我们仿佛已经看到临江河流淌成了一种新时代发展的生生不息。

让人魂牵梦绕的关门山水库

报恩桥所在的龙凤桥村与来苏镇的塔院村田挨田，土连土。告别报恩桥，我们来到来苏镇的塔园寺。正因为来苏镇与宝峰镇紧相比邻，临江河流入来苏境内就不再叫“宝峰河”了，以前被人们称为“来苏河”，其实应该被称为临江河的来苏河段。

来苏建场传说系大文豪苏轼曾游经此地而得名。这个传说应该比较靠谱。因为在与永川邻近的江津县志上，就有苏轼后人落户江津的记载。江津的苏家院子现在还住着苏轼的后人，而且其中有人还是江津区的人大代表呢！永川与江津岂止是邻居，简直算得上有亲缘关系；朱沱镇就是 1979 年从江津划归永川后成为来苏镇的兄弟镇的。人生足迹涉及大半个中国的苏轼，对风光无限的巴山蜀水情有独钟，大文豪一次醉游或者梦游海棠香国的来苏场镇，留下了“来苏”这个不同凡响的美名。

来苏镇境内的河道均属长江水系，除临江河外主要河道还有先进溪、白果溪、凤桥溪、长坡溪、天星溪、荆竹河、金门河、王坪河等 12 条溪河，其中最大的河流当然是临江河。临江河在来苏镇境内流长 18 千米，年平均流量 68 立方米 / 秒。境内有在临江河上游设置的第一个永川城区的“储水缸”关门山水库，有水磨滩村老桥、水磨转龙桥、观音井村聂家桥三座文物桥；也有关门山村乱石山渡槽、塔院村塔院寺渡槽、磨心桥村梅坪渡槽等三座文物渡槽；还有革命水库连拱大坝、柏树桥村红洞岩连拱大坝等两座连拱大坝，可以说是胜迹不少。

我们眼前的石塔，过去谁都知道是座斜塔，斜而不倒，最是神奇，号称“西南第一斜塔”。斜塔由十三级石塔构成，约 18 米左右高。据说此塔是明朝年间修建的。为了保护好这一古迹，永川区政府根据人大代表的建议，对塔座进行了加固。我们来到这里，发现石塔已经被扶正了。塔园寺除了这座大型石塔，还有几座微型塔。有队友说塔形像石松，有队友马上说到王坪村的石松，也就是永川八景之一的石松百尺……

关门山水库位于永川区来苏镇关门山村，水库坝址控制流域面积 20.2 平方千米，总库容量为 1415 万立方米，设计灌溉面积 3.58 万亩。校核洪水位 356.3 米，设计洪水位 354.82 米，正常蓄水位 352.6 米，死水位 337.3 米。工程属于三等工程，主坝级别为三级，设计洪水标准为 100 年一遇，校核洪水标准为 1000 年一遇。大坝为均质土坝，坝顶高程 358 米，最大坝高 28 米，坝顶长 163 米。

永川区关门山水库

驻足关门山水库堤岸，雨终于停了，水面上风平浪静，湖水碧翠，游鱼可数。俯身掬一捧水，清爽微甜，甘洌可口。湖平如镜，水库两岸是层层叠叠参差不齐

永川关门山水库富民桥和防洪坝一角

的桑树，时值金秋，桑树绿里带黄，郁郁葱葱。一座座山坡，一道道沟岭，就是一个个绿湛湛绿汪汪的浅丘海子，好一个鱼米之乡，好一个美丽乡村。

在关门山水库服务管理中心开了个临时座谈会，村两委干部、水利局扶贫干部和我们谈起了心得。关门山村以前叫响水大队，为了建库和保持水库建成后的原生态，周边的群众做出了很大牺牲。关门山水库开始兴建于 1958 年，最后加固建成于 1978 年 12 月。水库未建时，这儿是一条小小的溪流，搬几块石头来就能够跨过去。水库建成后，这儿成了波浪滚滚的一条“大河”，蜿蜿蜒蜒一二十里长，反倒把关门山村人“关”起来了。仅有的一条渡船根本无法

满足群众渡河的需求。最初划船人不收费，反正都是评工分；农村包产到户之后，过一次河要花两元，过了河虽然有摩托车候着，但费用更贵。在时兴跑摩托的初期，镇上一个干部才只有几十元月薪。想想看，到来苏赶个场往返一趟要花十多元，寻常人哪有那么一大笔开销？于是，有人划着挞谷子用的挞斗过河，不花钱但要担极大的风险，稍一不慎挞斗侧翻，人就会滚到像河一样宽大的水库里。又有人谋划着在“河”上架桥，选了个最窄处并且依靠水中巨石竖起两个墩，再将棕树棒棒两根三根地捆绑在一起，搭了座简易桥，人一踏上桥身就吱嘎吱嘎响，人还未动步，桥身就已经摇晃起来了。

水库成河阻断交通，导致当地经济建设和人民生产生活都受到影响。当地群众还给我们回忆说，记得那时候河对岸的响水小学有一位姓万的女老师，每天都要在这座桥上往返一两趟。

忆及往事，关门山村的乡亲们还不无惋惜地说，可惜到2015年春节，区水利局专门斥资修建的崭新水泥路面的关门山水库公路大桥正式通车时，那位曾经为乡村基础教育历尽艰辛的万老师已经病故了！

当然，对于关门山村群众所处的困境，党和政府都看在眼里急在心里。特别是党的十八大以来，经济建设和社会发展都加快了步伐。管理关门山水库的永川区政府水利部门，克服困难斥资500万元修建了横跨水库的公路大桥，为关门山村群众的脱贫致富打开了一扇门，还千方百计为这个贫困山村争取扶贫优惠政策，派来了由“第一书记”带领的驻村扶贫工作队。首先修起像蛛网一样密集的水泥路连通了千家万户，然后引导和帮助大家种植花椒、油茶和果树发展经济，粮食也连年增产增收。待到原来的重庆市级贫困村关门山村胜利脱贫并且建成“重庆市首届美丽宜居乡村”时，村里原来的光棍汉们也一个接一个地“脱单”当上了新郎官。

说到脱贫致富和当新郎官，在关门山村，还有这样一个动人的故事：来自贵州省荔波县瑶山的何六妹和来自云南省鲁甸县彝族村的龙海辉两位少数民族妇女，由于都是二十多年前自己跑出来之后才嫁到关门山村的，所以直到2019年驻村工作队上门为贫困户建卡，才知道她二人还是没有户口的“黑人”，连国家的扶贫优惠政策都没有享受到。于是，在驻村工作队和来苏镇党委、政府的帮助和扶贫干部的亲自护送下，她们终于踏上了各自的回家路，见到了已经离别二十多年的至爱亲人，并且将已被当地依法注销的户口正式迁移到关门山村。待她们与各自的丈夫补办了结婚证，驻村工作队还和村两委干部一起，为这两对终于在脱贫攻坚中修成正果——由事实夫妻变成合法夫妻的“新人”补办了简朴而不失隆重的集体婚礼。《人民日报》及重庆市和永川区的新闻媒体，纷纷以《脱贫攻坚引出千里寻亲佳话》《关门山，情暖回家路》为题，报道了这一动人故事。

在关门山水库服务管理中心门前举行的座谈会上，我们见到了区里派驻关门山村的水利局干部粟本林同志。粟本林已经算得上一个老关门山人了，2018年他就由区委组织部门选派到关门山村，参加了这个村脱贫攻坚，经历了关键两年的全过程，之后又自告奋勇地留下来担任了助推乡村振兴的关门山村第一书记。我们再三表示希望他给我们谈点什么，他却红着脸说没什么好谈，无非是这几年在乡村做了点事情，并且还想留下来继续做点事……

为了不让他过于为难，我们只好说，“那好那好，粟同志再见——我们另外找机会采访你就是。”

现在的关门山村，年人均收入达18000元，80%的村民家中有小轿车，常年青山绿水，四季瓜果飘香，欢歌笑语常常传到很远的地方……

2015年春节关门山大桥正式通车后，给村民生产生活上学带来了方便，水清路通，水泥路直接通到家门口。过上了从前做梦也不曾想到的幸福生活，关门山人十分珍惜并十分感恩。他们深知，作为永川重点生态饮水源保护区，为了护水，为了环保，不能办有污染的企业，只能发展生态农业。水利局驻村干部修路扶贫后，又开始产业扶贫，村里种植花椒300亩、油茶500亩、柑橘300亩，还种植了柠檬。村民在园区就业，收入不比在城里打工低，村里的小轿车超过200辆，已经达到小康村的标准。

我们又经乱石山渡槽过关门山水库监测站，到了观音井村的聂家桥。聂家桥修建于清代，是常见的平板桥，它全长18米，宽1.4米，6墩7孔，墩高2.5米，厚1.2米，中间4个桥墩均雕刻有龙头和龙尾，并且至今完好无损。

聂家桥的桥墩与桥面是榫卯式结构，它模仿木器的卯榫结构，将榫卯作为梁柱之间的连接构件，把桥面石板搁于桥墩顶面以上的柱榫之间，不仅造型简洁、且结构稳定。桥墩不仅将桥面稳稳撑起，而且将桥面固定在龙头龙尾这两个高过桥面的卯榫之间，既美观，又具有拉结、稳固、防震抗震的特点，历经数百年风雨而屹立不倒。最为难得的是，聂家桥距来苏场镇仅有十多米，曾是连接青峰、永川和王坪、吉安（原名寒坡）乃至四川泸州的交通要道。

来苏镇梳妆台河段

梳妆台下稻虾香

从聂家桥到伍家坝，仿佛就在一瞬之间。古往今来，来苏场的人气旺，旧时有“一陈食，二来苏”之说。来苏农业发展悠久，蚕桑、仔猪、再生稻，并称来苏三绝（原四川省委书记杨汝岱曾与国际粮农组织官员一起参观过来苏柏树桥村的再生稻），而香肠、豆干、红豆腐则是来苏三宝，还有柠檬、甲鱼、稻虾等特色经济品牌。

现在的夏天，观音井村的伍家坝已经成了人们旅游观光的打卡之地。大家争相登上梳妆台，居高临下，俯瞰广阔田畴中的绿色水稻田，梳妆仙女在水稻的茫茫绿浪中清晰可见，很有神韵。

自从“打造幸福河流，振兴乡村经济”的临江河综合治理工程开展以来，区河长办投入一定资金，支持来苏镇在河沿伍家坝建设特色农业种养基地，建设新型稻田养虾示范基地两千多亩，田间种的是优质水稻，水里养的是味道鲜美、营养价值高的南美洲白对虾。稻谷大增产，白对虾畅销重庆各区及外地，有力地促进了乡村振兴和农民群众增产增收。稻虾综合种养产业的繁荣，推动了稻虾养殖向规模化、产业化发展，一水两用，一田双收，让来苏人尝到了甜头，获得了实惠。在稻虾种养基地，感受风吹穗浪、稻谷飘香，观赏优质再生稻的绿色与彩色道路，让我们心情无比振奋；巡览临江河，但见特色农房、太平山、梳妆台与之相映成趣，构成一幅秋日的金色田园美丽画卷，成为乡村中一道独特的丰收美景，心潮更是起伏难平。刚和田坎上一位老农打过招呼，他便张口欣然说道：“晓得区里面的河长办不？哎呀，那些人办事才叫巴实啊，不但把这么大条河都办清亮，

来苏镇东坡广场

还为我们把致富的门路都找到了！”

伍家坝下方的临江河曾经被当地人称为来苏河的鱼尾河段，上方是太平山。梳妆台就位于太平山绝顶，梳妆台亦是“昌州八景”之一，台为石灰岩质，高 3 米左右，宽 2 米左右，长 3.5 米左右，系由两块巨石天然重叠而成。相传远古有灵石两块，从峨眉仙山飞抵来苏镇，因慕昌州人民的淳朴与自然美景，停留于太平山东端高崖之边便不再离去。二石上下相叠，经风晃摇，悬而不坠，因名活石头。又传有绝色仙女曾经梳妆于活石之上，故而又以梳妆台名之。梳妆台三面临悬崖，一面倚绝壁，与太平山山坪相连处仅有几十厘米宽的狭窄通道。沿通道下行，两边即是悬崖，望之令人毛骨悚然。

惟妙惟肖、绰约灵绝的梳妆台，历经风雨，纹丝不动，如有神助。浪漫的清涓竟说，身为现代美女，不能端坐在梳妆台上，来一番精心梳妆打扮，是一种遗憾。梳妆台旁边的东岳庙十二殿，在雾中形态各异，表情生动，显得寂然而悠远。此情此景如临仙境，难怪心性极高的东坡先生会畅游至此流连忘返！

不过，这里也曾发生过惊心动魄的故事。1950 年 2 月 14 日，来苏区公所因前日遭遇匪情决定迁至太平山。就在搬迁的当天，暗藏的匪首易敬之（绰号易乌棒，来苏镇伪镇长兼联防主任）便邀约了各地的土匪头子于 2 月 14 日下午里应外合攻打太平山。区长庞凯军等人因寡不敌众，且战且退，有的从梳妆台（山石名）跳到岩下香山寺的屋顶上，痛苦挣扎后被土匪砍死，庞区长从悬崖缝隙抓住老山藤顺灌木而滑下，躲在一家农户的干茅厮里。有个人称毛仙娘的早上起来解手，发现有个人，仔细一看，才知道是庞区长。于是，让庞区长伪装成病人，由附近的唐治云和叶昌华抬着“病人”绕道回到永川城内，方才逃脱魔掌。

来苏迎宾广场是一处爱国主义教育基地，焕然一新的抗日阵亡将士纪念碑让人肃然起敬。来苏抗战建国阵亡将士及死难同胞纪念碑，始建于1938年7月，是重庆市纪念抗日战争胜利原建原貌的最早纪念碑之一，属永川区级保护文物。纪念碑以前在镇子的街尾，风化严重并存在不同程度的破损，且因位于公路中间，四周没有任何安全保护设施，存在较大的安全隐患。

2021年9月，退役军人事务部、最高人民检察院人员到永川调研烈士纪念设施管理保护专项行动工作时，提议将纪念碑迁至迎宾广场。纪念碑迁至迎宾广场后全部修缮一新，还增刻了“川军出川抗战史略”“抗战建国阵亡将士及死难同胞纪念碑立碑及拆建经过”等，让纪念碑的故事更加真实和生动感人。

此外，纪念碑旁还新建了36平方米的红色文化墙，镌刻有“永川剿匪故事”等内容，从而使该纪念内容形成了一条从抗日战争到解放战争的故事链，让后人能够更加全面地了解永川人民为了抵御外来侵略和争取民族解放而付出的巨大牺牲，永川区爱国主义教育从此有了一块新阵地。

与观音井村一河相隔的太平山及其周围是梳妆台村。来苏场万寿路往王坪方向的胜利桥，就是两村之界。胜利桥往西南上溯几华里，是蚂蝗桥，再往前，是四板桥，离四板桥不远，就是闻名遐迩的革命水库了。我们正想一睹革命水库的风采。不一会儿，车子便停在了革命水库的管理所前。

建于来苏镇柏树桥村荆竹四社的革命水库，总库容、正常库容分别为301和238万立方米，是一座连拱大坝式的建筑奇观。也就是说，水库大坝为石质连拱坝，连拱数量计为八连拱，其枢纽工程由大坝、溢洪道和放水设施组成，大坝全长165米，宽1.9米，高28.6米，于1966年11月动工兴建，1977年5月竣工。投入技工工时达93.37万个，完成土石方9.9万立方米——在当时那种条件下，可以说是创造了水利工程建设上的一个辉煌。

我们参观革命水库时，头上的绵绵秋雨下得不断线，于濛濛细雨中看拱桥，有一种超越时空的美。且不说革命水库的水有多清澈，有多纯净，单是那造型雄伟壮观的石拱大坝，就是建筑上的一个奇迹。站在那曲折回环、固若金汤的拱桥上极目四望，山环水绕，山那样青，水那样绿。尤其是大坝下方那绿意盎然的良

城区河道旁的望城坡

田万亩，将灵洁清逸、底蕴深厚的田园小镇风格诠释得淋漓尽致。于不经意间低下头，发现石拱大坝外面的那些护堤墩，墩墩都是那样深邃，但看着又都是那样亲切。

革命水库大坝对面的石壁处，17 轮条石高的宽大石壁上，凿刻着毛主席的诗词，“世上无难事，只要肯登攀。”在大坝上拍照时，当地群众说但凡水库的水满起时，就顺溢洪道流进了临江河。其实这就是永川“河湖相系连通工程”的一个缩影，有“永川水缸”之称的关门山水库又何尝不是如此。临江河自从汇入永泸桥煤井地下水时，便和大沟水库、深沟水库的溢水，共同构成了永川的饮水源，再流入关门山水库，就成了一座“大水缸”。关门山水库的河湖连通工程做得相当好，是永川区五大河湖连通工程之一。

来苏不输，这是因为其不只文化底蕴浓厚，来苏镇的水资源保护和河道治理也相当出色——沿着临江河继续向前，沿途均可见一河碧水，宝峰和来苏都有他们的“上游担当”。

长岛汇、十里荷香与黄瓜山

从水磨滩经来苏水文站临江河至南大街临江河麻柳河段，我们进入南大街长岛汇。

南大街地处永川城区南端。水利局同志和前来介绍情况的南大街工作人员告诉我们，南大街街道辖区内有临江河及其支流青峰河等共 32.58 千米，涉及兴隆、

南大街十里荷香

八角寺、谭家坝、大南、小南等 5 个村和小桥子、泸州街、火车站 3 个社区；辖区内共有水库 7 座，分布在兴隆、大南、小南、代家店、黄瓜山 5 个村。

南大街工作人员一边述说河道改造，一边介绍长岛汇。长岛汇曾经是农科所所在地，三面环水，是一座神奇的半岛。从远处看，长岛汇仿佛一条弯弯河道围成的舌头。有人笑说，如果这里也有两条河交汇，长岛汇就是微型的朝天门了。长岛汇具有由重庆合正地产以岛屿洋楼为主题的生态人居开发理念，融合新古典主义之美，倾情打造的永川城市纯岛居和水岸、洋楼大社区。长岛汇是个旧小区，因为水质的原因，以前房子不好出售，出售后入住率也极低。区委、区政府下大决心开展河道治理后，入住的业主渐渐多了起来，长岛汇终于成了名不虚传的生态江景房。业主们尽情享受临江河给大家带来的福利，身心倍感愉快，房屋也随之增值了。

站在长岛汇断桥处，凝视临江河（麻柳河段）的流向，思绪一下子便从永川九中飘到了八角寺村。八角寺村可不简单，传说四川军阀刘湘的母亲死后就葬在八角寺一带，八角寺更是永川八景之一“八角攒青”所在地。

永川县志云：

永昌镇南 15 里有八角山，后起一峰，攒簇如画，青霭隆然，因名八角攒青。山上有古庙名八角寺，寺中只有 17 尊罗汉。相传罗汉自井中汲出，汲至第十八尊时，汲者一笑，遂坠井，不能复汲。寺创于宋，盛于元明，几经兵燹，颓毁已甚。清代永川知县萧何得重修，有碑记之。山高，可远眺县城，风景秀丽。

沿临江河（麻柳河段）道口附近的坝滩，朝着八角寺方向走了不久，就到了十里荷香。十里荷香园区总占地约 3000 亩，有荷塘莲藕区、四季花海区、瓜果长廊区、垂钓娱乐区等。塘中育有几百种荷花、睡莲，还有醉蝶花、马鞭草等，开放时如紫色海浪。可观夏日荷莲，赏格桑梅朵，体验采莲蓬、捉泥鳅，可摘西瓜、葡萄等生态水果，采番茄、黄瓜等绿色蔬菜，还有自行车骑行、电瓶车观光、划船、烧烤等游乐项目。这儿的旅游观光，可说是集荷莲文化、佛禅文化、休闲养生、乡村民俗风情体验、农业产业观光、现代农业科普示范教育、农业综合商贸等多功能于一体。园区生产的永川莲藕，是国家地理标志产品，推出的荷花宴也深受游客青睐。

如果是夏天，人们还可以漫步赏荷长廊。长廊很长，长得从廊头望不到廊尾。

微风轻拂的十里荷香

长廊两边，生机勃勃的绿叶成片成串，让人瞅一眼就神清气爽。长廊顶上，金瓜、葫芦瓜、蛇瓜、小南瓜、双色球等奇瓜异果五颜六色，让人看着就目瞪口呆。长廊外的坡上，木春菊、虞美人、格桑花、薰衣草、紫椒花等漫山遍野开放，活脱脱将一个曾经光秃秃的荒芜小山坡，变成了五彩缤纷的汪洋花海。长廊外的坡下，紫玉莲、粉牡丹、艳阳天、友谊牡丹莲、迎宾芙蓉、粉松球、天皇之女、粉霞、满江红——众多叫得出名的各色荷花在湖里竞相开放。红的、粉的、白的、黄的，浅绿的、浅蓝的、淡紫的，还有许多叫不出名的荷花也在湖里争奇斗艳。在十里荷香，片片荷叶在那里轻摇曼舞，朵朵荷花像翩若惊鸿的荷花仙子。微风轻拂，阵阵清香袭人。皎洁无瑕的荷花，风姿绰约的荷花，如云如烟，似雾似霞。

荷花、荷叶、荷蒂、荷梗、莲子、莲须、莲房、莲心、藕、藕节……荷香豆花、荷香藕汤、荷蜜相伴、荷香泥鳅、荷塘藕遇、荷玉满园、荷香藕饼、荷香美人、藕断丝连、荷香鲜藕羹……一身都是宝的荷莲，在十里荷香，成了活色生香的荷花宴。荷等于河，吃了荷花宴，突然想到河湖连通工程，说到河湖连通，又不能不想到长江引水工程。水利局同志介绍说，黄瓜山隧洞至黄瓜山高位水池建成后，临江加压站将从隧洞当中引出的长江水，经过加压输送到黄瓜山高位水池。

提高局部地区水压的构筑物，工程建成后对供水片区有巨大的经济和社会意义。想到这些，我们的目光情不自禁地向十里荷香背后的黄瓜山望去，车辆没动心就先飞了。

黄瓜山村属南大街办事处管辖，村办公室距永川城区仅 15 千米，海拔高度 600 米左右，森林覆盖面积 80%，远看神似一条苍翠欲滴的黄瓜。此山地貌奇特，气候宜人，盛产水果，且尤其盛产黄瓜山梨，素有“中华梨村”和“百里果乡”的美称。

也不知是梨子与黄瓜山有缘，还是黄瓜山与梨子有缘。据说，黄瓜山人一百年前就开始种植梨树了。当然，开始只是在房前屋后零星种植。但与梨子有着百年梨缘的黄瓜山，曾经因为荒草满坡、田少土薄，十年九旱，交通不便，被人编了一首尴尬的民谣“黄瓜山，山坡坡，石头多，穷窝窝，红苕棒棒打烂锅，有女不肯嫁上坡……”

改革开放的春风吹遍全国，黄瓜山的年轻一代不愿守着家里贫瘠的一亩三分地，纷纷离开村子到沿海打工挣钱。为了改变黄瓜山贫穷落后的面貌，想到黄瓜山有种植梨树的历史，加上黄瓜山的地理环境和气候特点适合梨树生长，村里的部分党员干部开始引导村民种植梨树。看到党员干部带头种梨树，村民们不理解。有的村民说粮食是农业的基础，种粮食才是农民的根本。有的村民问“种梨树能让全村人吃饱吗？”“能吃饱还能吃好！”村干部当时这样回答。当然在大部分村民眼里，这只是一种自我安慰。

与其苦口婆心做思想工作，不如让事实来胜过雄辩。短短几年后，党员干部家挂果丰收的梨子，给村民上了生动的一课。大家终于读懂了种梨树的收益远大于种粮食，一亩梨园抵十亩粮田的道理，村民们终于动了心，动了情。一名党员就是一面旗帜。在种植梨树先富起来的党员干部耐心的引导和帮扶下，村民们也积极地种起了梨树。黄瓜山前段和后段几个村的村民看得眼热，于是也跟着种起了梨树。再往后，外出打工的年轻人意识到种梨树甚至比打工有奔头，还无须离土离乡，认识到黄瓜山这片得天独厚的广阔天地大有作为，也陆续返乡种起了梨树。

众人齐心，其利断金。于是黄瓜山人一鼓作气，放开手脚在田间地头种起了梨树。从一亩梨树种到十亩梨树，从十亩梨树种到百亩梨树，从百亩梨树种到千亩梨树，从千亩梨树种到万亩梨树……

后来，种梨成了主产业的黄瓜山中段，由五个小村合并成了一个大村——黄瓜山村。6 万亩郁郁葱葱的梨树，上百个生机勃勃的梨园，让黄瓜山成了重庆规

黄瓜山梨花盛开时

模最大的梨产业基地。漫山遍野的梨树，铺天盖地的梨花，成千累万的梨子，摇曳成了村民的摇钱树，摇曳成了村民的聚宝盆。黄瓜山人种梨树，种出了自信自强，种出了甜蜜幸福，种梨树彻底改变了黄瓜山人的生活。

改变的，不单单是黄瓜山人的物质生活，还有黄瓜山人的精神生活。

通过脱贫攻坚成功实现小康的黄瓜山人，不肯满足于现状。他们觉得幅员面积 20.08 平方千米的黄瓜山村，只有素洁淡雅、玉骨冰肌的梨花还不够，只有香甜可口、鲜嫩多汁的永川梨、黄花梨还不够，只是被叫作“中华梨村”还不够。于是，黄瓜山人又开始种桃、种茶；种植兰花、薰衣草、郁金香、向日葵；种植葡萄、蓝莓、杨梅、黑莓、枇杷、火龙果、猕猴桃；种植生姜、萝卜、花生、地瓜、莲藕和优质水稻……陆续培育出了“黄瓜山梨”“黄瓜山草莓”“永川莲藕”“黄瓜山大米”等黄瓜山地理标志农产品。黄瓜山的特色农业产量可观，产值巨大，绝对不只是一个美丽传说。

再后来，勇于开拓又善于开拓的黄瓜山人，采取农旅结合的新型模式，积极创新因地制宜。以水果、旅游、矿产三大产业为主导产业，围绕旅游业的吃、住、行、游、购、娱六大要素，推出了中华梨村、百花园、梨母本园、梨博园、怡园花田、猕猴桃园、其中园、大红油茶基地等农业生态观光产业园。推出了桃花源、建工农庄、语鸣度假村、中华农庄、国际狩猎场、梨花寨、廖氏好客农庄、十字坡客栈等上档次的游客接待中心。揭开了穿岩洞、象鼻嘴、董家岩洞、八十梯、狮子岩、磨盘岩、虎头山、情人谷等自然景观的神秘面纱。打造出乡愁广场、石堡旺梨、七梨迎宾、山盟海誓、永不分离、松林听涛、梨海雅望等独具特色的人文景观来。在党和政府的大力支持下，他们每年持续举办黄瓜山赏花节、十里荷香荷花节、百里水果长廊采果节、农民丰收节、年猪节等品牌文化旅游活动，让春天可赏花、夏天可露营、秋天好采果、冬天好观雪的黄瓜山村，成了名副其实的花果飘香、产业兴旺、生活富裕的百里果乡和旅游好去处。

坚持不懈的黄瓜山人，又大胆地将单一的赏花、采果、农家乐转向现代观光农业、农耕体验、休闲度假、养生养老、康体健身等多元化发展，一大批新型职业农民活跃在黄瓜山乡村振兴的舞台上。全村乡村旅游直接从业人员 1652 人，间接从业人员 2700 人，年平均游客接待量 60 万余人次，主产业梨子年创产值达 1.5 亿，其中不少村民的年收入超过了一百万！产区等于景区、家园等于花园，年年有节、季季有果、月月有花、天天有客的乡村旅游胜地黄瓜山，先后被评为全国农业旅游示范区、全国生态文化村、全国文明村、全国旅游重点村、全国美丽宜居村庄、全国改善农村人居环境示范村、国家森林乡村……

把心从黄瓜山收回来，忽然想起有人说过，十里荷香的荷花，是临江河河畔的大家闺秀，而前面不远处观音凼庭院的荷花，却是临江河（麻柳河段）河畔的小家碧玉。从十里荷香前往观音凼庭院，再沿着临江河麻柳河段从谭家坝向九中出发，又从九中绕过老水厂到昌南中学，我们当天回到了出发地城区科园路。

临江河长岛汇段新貌

青峰葡萄蜜蜜甜

在科园南路小坐，我们知道了科园路原来与农科所有关，知道了临江河在城外还有三条重要支流：圣水河、大竹溪、青峰河。圣水河流淌在五间镇一带，大竹溪流淌在卫星湖街道一带，而流淌在青峰镇境内的青峰河离城区最近。我们忽然想到青峰的万亩烤烟，上次路过青峰镇，在一望无垠的烟田里，分明看到绿油油的烟叶正绽放出新的希望。

但是又听说青峰烤烟在上个月就已经采收了，烟叶已经变成现金打到了烟农们的卡上了。同行互相宽解着说，那就去看看临江河的支流青峰河，顺便也看看那儿的红高粱——青峰红高粱酒文化节就是在秋天里举行嘛。

这样一说，兴趣又来了，我们果断从科园南路向青峰镇出发。

青峰镇地处永川区中部，东接城区胜利路街道，南临南大街街道和来苏镇，西北与红炉镇接壤，东北又与胜利路街道相邻，距永川区人民政府驻地仅有 7 千米。地面在英山、黄瓜山两座山脉之间，原为永川城关至来苏中大路之要冲，据说系因境内青草坡矗立如峰而得名。青峰镇是重庆市级中小企业创业基地、重庆市二线蔬菜基地、重庆市级生态镇和重庆市文明村镇，目前正在打造“春观花、夏戏水、秋采摘、冬养生”的乡村新景观。总的说来，青峰镇境内的河道都属长江水系，其中长江水系的河流 3 条、涪江水系的河流 1 条。青峰河是临江河一级支流，在青峰境内流长 12 千米。青峰河发源于青峰水库，从莲花寺村、牌坊村、凌阁堂村到红江厂与临江河（来苏段）汇合——流至南大街后汇入临江河。

到了断桥沟水库，也就是青峰镇的凌阁堂村，在千亩红高粱基地，我们也没

青峰红高粱生产基地

有看到那些随风摇曳的“红色精灵”。我们猛然醒悟，今年的丰收节已经过了，赏千亩红高粱、游万层青纱帐的浪漫早已成了今年的过去式。当地村民说，青峰红高粱文化节活动每年都在九月初，而现在已经是十月中旬，我们足足迟到了一个月又几天，要看红高粱只有明年了。看不到红高粱，买了一瓶青峰红，沿着青峰河，不知不觉到了青峰水库。青峰水库系临江河支流青峰河的源头，兴建于青峰镇莲花寺村，是一个以农田灌溉、场镇供水防洪于一体的小（一）型水库。大坝为均质土坝，集雨面积 2.3 平方千米，坝高 19.8 米，坝长 152 米，正常蓄水位 356.63 米，总库容 322 万立方米，兴利水库（正常蓄水位至死水位之间的库容）266 万立方米，灌溉面积 10094 亩。

青峰水库，原名莲花石水库，与大名鼎鼎的关门山水库仅一梁之隔，隔着一道阴山山麓所形成的山梁。近年来，为了美化、绿化和环保，青峰水库除了常态化清漂和沿河村民家畜圈养外，还统一改造了两岸民房，厕所一律改造成卫生厕所，院落也统统打造成清洁院落。

看过青峰水库，有白鹤翩翩飞过。眼前一片没有荒地的浅丘，绿意盎然，青

青峰刘贤文葡萄园

峰蔬菜多，水果多果然不是传说。断桥沟水库下游有两个尾水口山坪塘，以前是肥水养鱼，整治后的山坪塘，塘边栽种着水生植物，水质得到了有效净化。经青峰河支流流进青峰河。断桥沟水库是钰河沟（青峰河支流）的源头，断桥沟水库的水经钰河沟流进青峰河，青峰河最后再汇入临江河。

目前，断桥沟水库正在建生态湿地，下一步将在水库中种水草养鱼，也就是在希望的田野上创造新生活，还听说青峰正准备增修中型水库。

到达青峰镇牌坊村和小拱桥社，见临江河青峰河段的岸边已种满了葡萄，听说那是一家大型的葡萄园。再仔细一问，才知道园主居然是大名鼎鼎的三峡移民刘贤文和谭三英夫妇。

凡是喜欢吃葡萄的永川人，没有不知道青峰葡萄和刘贤文、谭三英夫妇的。居住在青峰镇的人，也没有不佩服刘贤文和谭三英夫妇的。刘贤文不是高官也不是富豪，谭三英不是美人也不是才女。刘贤文和谭三英，只是一对普普通通的移民夫妻。要说他们有什么好让人佩服的，那就是他们种植的葡萄园了。青峰人佩服刘贤文和谭三英的葡萄园，是打心底里佩服，不光是嘴上说说而已。刘贤文和谭三英葡萄园里的葡萄，好吃又好看，养胃养眼还养心养神。

每逢葡萄成熟的季节，水泥桩与钢丝搭建的葡萄园里就姹紫嫣红。鲜嫩水灵的葡萄，如珍珠如玛瑙，似水晶似翡翠，一串接一串密密地悬挂在藤上枝叶间，散发着独有的诱人气息。游客争相走进河畔的葡萄园，尽情享受自由采摘的乐趣，边摘边品尝原生的葡萄美味。

宝剑锋从磨砺出，梅花香自苦寒来。葡萄园从最初的 4 亩扩大到现在的 110 亩，其中的酸甜苦辣，只有刘贤文和谭三英心里清楚。2008 年春天，刘贤文一家从万州区溪口乡其林村，移民到永川区青峰镇牌坊村时，同他们一家一起移来的，还有 1000 株香妃。这香妃可不是什么娇滴滴香喷喷的美人，更不是乾隆皇帝最宠爱的玉体飘香的异域妃子。“香妃”是一种葡萄的名字——他们带来的是 1000 多株香妃葡萄苗。

早在 2007 年，当过木匠、打过工的刘贤文到青峰考察时，发现青峰镇上土壤和气候都适合种植水果，便萌生了移民后在第二故乡青峰镇种植水果的念头。考虑到葡萄是世界四大水果之一，营养丰富，用途广泛，加之弟弟在上海有种植葡萄的经验，刘贤文和谭三英商量后，便决定了种植葡萄。但是种葡萄的地方非常讲究，首先，要有充足的水源，其次，又不能离公路太远。由于在这边人生地不熟，刘贤文和谭三英承包土地种植葡萄的计划，可以说是困难重重。他们刚开始栽种的葡萄苗，相当娇气，晴天有晴天的活儿，雨天有雨天的活儿。晴天，要给葡萄苗浇两三次水，那时河道没有治理，刘贤文和谭三英连续一个多月到河里挑水，从天不亮挑到天黑尽，肩膀都挑得红肿破皮了。雨天，刘贤文和谭三英就补栽死掉的葡萄苗，一天下来累得腰酸背痛，头昏眼花。

好不容易葡萄挂果了，刘贤文和谭三英又为葡萄的销路发起了愁。他们每天挑着葡萄赶公交车进城卖，一天只能卖 100 多斤，而且价格相当低。辛苦下来，4 亩葡萄地只收入了 4 万元，扣除成本后根本赚不了什么钱，就连承包 4 亩土地的几千元承包费也是第二年才补齐。但刘贤文和谭三英并没有抱怨和气馁，通过向上海的弟弟学习种植经验，又在当地参加农村种植业培训，他们的葡萄收成和销路慢慢地有了起色。尝到甜头的刘贤文，决定乘胜前进，努力把葡萄园做大做强，于是到处找亲戚朋友借钱和找人流转土地。

2010年，为流转50亩土地，刘贤文从亲戚朋友手上借了40万，种植了“夏黑”“藤稔”“金手指”等10多个品种的葡萄。2012年，刘贤文和谭三英拿出20万，又向亲戚朋友借了20万，一口气流转了47亩土地，将葡萄园扩大到了现在的规模。

“夫妻同心，其利断金。”刘贤文和谭三英的分工很明确，谭三英留在家里，负责管理葡萄园；刘贤文在外面负责跑销售、拉客户。夫唱妇随，内外配合，葡萄园的效益一年比一年好。葡萄的品种从最多的10多种，渐渐固定为“香妃”“玫瑰香”“小红提”等7个优质品种。夫妻俩同甘共苦，一路相扶相携，把葡萄园从4亩发展到110亩，这对于刘贤文和谭三英夫妻来说，有时候他们自己都觉得是一个种植上的奇迹。

葡萄园有了知名度以后，刘贤文便以代购种苗、提供技术指导等方式，带动周边农户和移民农户种葡萄。在刘贤文的影响下，其周边已有10多户人家参与种植，共种植了葡萄300余亩。

“如果没有永川区移民局、区水利局和青峰镇党委对移民的关心与扶持，我再有本事也走不到今天。”当采摘的游客夸奖刘贤文的葡萄园时，他总是客气地呵呵一笑，然后十分谦虚地回答。他说，最主要的还得感谢永川的河道治理，水质好了，水源也充足，才能保障葡萄树生长良好。以前河道没有治理时，暴雨及干旱都十分严重，治理后人畜饮水都得到了保障。葡萄园在路边，交通方便，交通和水源两个便利条件都占了，葡萄园不发展起来那才怪了呢！

择水而居，因水而富。如今，刘贤文和谭三英已经成了青峰镇家喻户晓的葡萄种植大户。生长在他们葡萄园里的青峰葡萄，已经成了永川区当之无愧的又一品牌。

水利是农业的命脉，水利是经济的资源。刘贤文和谭三英从万州到永川，从长江边的移民到临江河畔的果农，从大江大河到小河小湖，一样享受到江湖的润泽，这是一种缘分，更是一种幸福——大家都从心里赞叹共产党领导好！

三河汇碧谱新篇

沿着临江河的麻柳河段，从谭家坝到永川九中再绕到老水厂，再到河畔的昌南中学，我们又回到出发地科园南路。

从长岛汇绕到铁桥进入三岔河。临江河似乎有点顽皮，故意在永川城区绕了几个大大的S字形。

三岔河位于永川老城区的核心位置，是永川城区临江河、玉屏河、东门河三条河流汇聚之地，因此被当地百姓昵称为“三岔河”。据考证“永川”这个名字，就是因为三河在此汇流，形如篆文“永”字而得来。又因三条清澈的河流在此交汇，由此形成著名的永川八景之一“三河汇碧”。

永昌镇南郊龙门堤处（今名三岔河），是永川河与溪河（今东门河）、文曲河（今玉屏河）的汇合点。三河汇流，秀水碧波，犹如一幅天然字画，因名“三河汇碧”。

北注西倾南控濠，纵横缭绕胜挥毫。
流成永字三江秀，汇入碧川万顷涛。
风雨不将图籍浸，豁山应共锦云高。
仓王去后留遗迹，鸟篆千年起凤髦。

这是明代诗人诸华咏赞永川三河汇碧的诗作。

伫立永泸桥头，几汪穿城而过的盈盈碧水，两岸翠柳依依，整个片区飞阁流

三河汇碧一隅

丹，巧妙地将古典元素和现代元素融为一体，开满鲜花的河道上游人如织，河里有鱼有草，绘就一幅人水和谐的生态画卷。可以毫不夸张地讲，“三河汇碧”是永川城市的一道独特景观，既配得上古时“海棠香国”之雅号，也配得上如今“茶竹名城”之美誉。

永川古城墙遗址、亲水广场、退台式绿化、创新书店、文艺茶吧、品牌咖啡……漫步文创街，才发现几年不见的三河汇碧片区，已经成了永川首个体验式文创街区，成了市民休闲打卡的新地标，成了永川最时尚的文艺宝藏街区，成了永川新建的城市会客厅。

三河汇碧片区是永川母城发源地，曾经是人口密集、兴盛繁华的老城区，有永川第一个星级酒店、永川第一栋电梯高楼、永川第一家大商场和永川第一座婚纱影楼，承载了老一代永川人的许多美好记忆。三十多年前的三河汇碧片区，有数万居民到河边取水饮用，女人们到河畔浣衣，男人们到河畔垂钓，孩子们在河边无忧无虑地嬉戏，一派宁静祥和的景象。

临江河在永川城区一共有六条支流，一级支流有玉屏河、跳蹬河、红旗河。二级支流有胜利河，在红旗小学汇入玉屏河；三级支流有萱花河，在文曲路老法院旁汇入胜利河；临江河干流及其支流玉屏河、跳蹬河、红旗河、萱花河、胜利河穿城而过，将城区分割为好几个板块。

老城区的五条支流，跳蹬河为临江河左岸支流，发源于永川区土地坳，由北向南，经张家桥、观音堂至石梁桥，在李家院子高速桥进入主城区，于三岔河汇入临江河。跳蹬河全流域面积为 16.78 平方千米，河道全长 12.5 千米，天然落差 290 米。

玉屏河亦为临江河左岸支流，发源于中山路办事处水井湾，由北向南，经桐子湾、大面河至蛇山，至狮子桥下，穿成渝高速公路昌州大道进入主城区，在三岔河汇入临江河。玉屏河流域面积 17.99 平方千米，河道全长 6.75 千米，河道坡降 20.96%。

胜利河是玉屏河右岸的一条支流，发源于胜利路谭家沟，由西向东，于五板桥上游汇入玉屏河，全流域面积为 9.38 平方千米，河道全长 3.62 千米，河道坡降 7.92%，天然落差 57 米。萱花河是胜利河的支流，发源于箕山东南麓萱花寺，下游经名豪美食街暗河汇入胜利河。流域面积为 3.73 平方千米，河道全长 3.4 千米，河道坡降 46.01%。

临江河在新城区的一条支流，就是红旗河。红旗河亦属临江河左岸支流，由北向南，发源于天子店王家坡，在卧龙凼附近汇入临江河。河流总集雨面积 29.40 平方千米，河流总长 15.09 千米。流域内主河槽呈长条形，地势北高南低，河谷较宽阔。

由于三河汇碧片区建设于 20 世纪 90 年代前，经过 20 多年的发展，随着城市的扩张，生活污水直排，垃圾随意丢弃，城区河道几乎成了污水排泄的通道，

三河汇碧文创街区

三河汇碧临河休闲区

脏乱差黑臭，路面上经常污水横流，行人过路都要捂着鼻子绕道而行。三河汇碧的美景全然消失，城区的临江河及支流萱花河、胜利河、玉屏河、跳蹬河、红旗河，全都变成了一条条臭水沟。居民因为住在河边深受其害，一年四季不敢开窗，一到高温天气和枯水季节，更是臭气熏天。每年汛期，临江河及其支流萱花河、胜利河、玉屏河、跳蹬河等河道都会被水淹，以至水漫永川半城。

三河汇碧片区的转折点出现在2017年初。永川区委、区政府做出重大决策，决定将临江河流域综合治理作为全区"一号民生工程"，并以此为抓手，彻底消除城区河道的黑臭水体，全面推动全区水环境治理。

为了实现"治理一条河、提升一座城"的宏伟目标，永川区委、区政府投入巨资，启动了临江河流域综合治理工程。根据实施方案，针对临江河流域内农村养殖污染严重，工业企业、餐饮业、小作坊违法排污现象突出，城乡化粪池堵塞溢流，小支流、溪沟水质恶化等诸多问题，全区组织开展养殖业、工业企业、食品小作坊、餐饮业、农贸市场、城镇排水、化粪池清掏和"千沟万塘"黑臭水体8个专项整治。新建城乡污水管网335千米，维修和雨污分流改造城区原有管网702千米，实施城区河道生态修复16万平方米，开展全域1013千米河道常态化清漂，累计整治流域各类污染源4.3万余处。同时，随着河长制的推行，全域治污的"工程兵"与日常巡查的河长"轻骑兵"携手作战，使得永川临江河综合整治跑出了"加速度"。

2019年，永川区委、区政府按照"城市双修"思路启动三河汇碧片区整体改造，投入资金约2.8亿元，对棚户区、老旧小区、水环境实施综合性改造治理。

"70年代淘米洗菜，80年代洗衣灌溉，90年代鱼虾绝代，00年代黑臭难耐，如今已是水清花开"。这是老百姓常常念叨的口头禅，也是永川城区河道演变历史的真实写照。

如今，三河汇碧片区空间规划合理、环境优美、功能完备。作为永川区国家级旧改项目的地标板块，"三河汇碧"文创街区域扮演着文化传承、文化创新、文创引导产业升级的重要角色。街区以"三河汇碧"古迹广场为"文化原点"，配以"图书馆＋商业"模式，打造满足年轻消费群体生活的第二空间，加快城市人文建筑二次更新，实现社区和谐共融，建设特色文创街区。"三河汇碧"改造工程不仅让旧貌换新颜，彻底提升了城市形象，还突出文化内涵，传承文化基因，促进了区域内景观的文化融合。

坐落在文创街内的玉屏书院，是目前国内最大的社区图书馆，也是永川区图

临江河上清漂人

书馆的分馆。玉屏书院，以仿古建筑和历史人文为基石，保留了青砖黛瓦，新旧交融，别具风格，打造出一个崭新的城市公共文化空间。

书院是一个文化复合空间，有书籍、文创产品、咖啡茶点，也有城市展厅、年代小馆、艺术空间。空间分为免费区和消费区，藏书 1 万余册，涵盖全类别，书籍均为免费阅读。馆内茶座设置典雅，一份饮品或者茶点，便可入座看书一天。书院空间亦静亦动，可以在室内安静学习，亦可以在别院和露台会友聊天。

城市展厅，是一间大型创意城市会客厅。文创长廊，陈列着琳琅满目的文创物件，项目展板，清晰地呈现了三河汇碧的前世今生。展厅里的黑白老照片见证着永川城市建设的发展，置身其中，仿佛徘徊在长长的旧时光里。城市展厅二楼，是艺术空间，体验绘画、陶艺、石膏彩绘等手工 DIY，带来一份艺术熏陶。年代小馆，还原七八十年代的生活场景，熊猫黑白电视、飞鱼打字机、蝴蝶缝纫机，荷花洗衣机、通用冰箱、友谊暖水瓶、小人书等老物件，记录着老一代永川人对三河汇碧深沉的爱。

书院定期举办读书会、亲子、书法、绘画、手工 DIY、茶话会、艺术展等各类文化活动，吸引着许多读者前来打卡。

玉屏书院是老城的书香恬静之地，静坐书院一角，捧一本新书，端一杯秀芽，听临江河缓缓流淌，纵然不是小资也变成小资了。

更为可贵的是，通过临江河的综合治理，老百姓懂得了临水、护水、知水、惜水的常识。河流是城市诞生的摇篮，也是城市发展的见证。河流是一座城市的灵魂。

幸福河湖建设，是一号民生工程，更是一号民心工程。水利局对河道进行网格管理，每一条河流分段均由驻社的镇、村、社干部负责日常的清漂保洁工作，同时也负责辖区内河长制管实施。临江河、龙溪河有专职网格员，定期进行巡查。永川"河长制"治出城区重现"三河汇碧载千秋，海棠香国自芳流"的盛况。

昌州古治，千载流芳；棠城遗韵，斯地永昌。三元门外，川绕城厢；形如"永"字，永川名扬。"跳蹬"、"玉屏"，二水洋洋；河分三岔，汇入临江。"三河汇碧"，名登八景之榜首；流光溢彩，尤显永邑之轩昂。

若夫三河旧景，美不胜收。春花红火，野草绿油；炊烟袅袅，碧浪悠悠。潭水澄澈，鱼翔虾游；桃夭李艳，雨润风柔。数万居民，享生活之恬静；下河取水，无秽滓之沉浮。鳖蟹鱼虾，多鲜肥之供应；菜蔬瓜果，得品类之质优。蝶舞蜂忙，逐花香于园圃；竹丛柳线，听鸟语之啁啾。堤畔捣衣，添杵声之悦耳；河边垂钓，羡老叟之明眸。秋夜春朝，开怀举杯而畅饮；良辰节日，乡亲设宴以歌讴。清波含古月，流水带新秋。三河烟霞，频添锦绣；千年历史，共展风流。

吁嗟！历时卅载兮，市区人口激增；三河两岸兮，崇楼广厦如林。岸边绿杨兮，收拾殆尽；碧潭脏乱兮，河水浊浑。河堤残破兮，亟待翻新。洪水横来兮，殃及财物与生命；宏规受阻兮，影响经济之繁荣。水产无收兮，何日渔歌复听；枯潭见底兮，清波倒影无凭。窘态三河兮，都市英姿有损；呼吁光复兮，吾民共献热忱。

乃有贤者当政，紧握时机。水为命脉，焉可迟疑？穿隧黄瓜山，引来长江之水；三岔河改造，新筑牢固之堤。旧景重光，棠城依然秀丽；三湖配套，奇迹展现渝西。民心工程，需当以人为本；精心设计，堪称细致入微。任务浩繁，涉及多人多事；把关评审，不苟一厘一丝。

至若整治工程重点，首在拆迁；勿伤群众权益，最为关键。迁户心犹眷恋，纯属自然；保证施工顺时，不留遗憾。方案从简从优，公仆任劳任怨。顺利拆迁，预期实现。开拓试点以成功，碧水欣随于绿岸；防洪标准之提高，可免波涛之泛滥。眼前质量之可嘉，赢得众口之交赞！

慨乎辛勤数载，有劳河工；艰难险阻，首当其冲。挖基砌堤，伤痛曷能遽免；疏淤扩岸，累年泥水之中。心向工程，管它汗流浃背；情知任重，不计酷暑寒冬。河道疏通，改善宜居之环境；工程告竣，欣观生态之葱茏。上下员工，果然英雄；他年修史，理应歌功！

复观三河改造，气势恢宏；河清潭净，绕翠飞红。一城雅韵，万里晴空；民歌德政，党树新风。此日三岔河之俊美，展文化之魅力于无穷！

于是引吭而歌曰：我爱三岔河之春兮，春风荡漾；我爱三岔河之夏兮，夏日荷香；我爱三岔河之秋兮，秋高气爽；我爱三岔河之冬兮，冬孕春阳。远方游侣兮，恋棠乡；三湖丽景兮，不能忘。竹海茶山兮，情意长；“三河汇碧”兮，着新装。趁良辰美景相逢一醉兮，又有何妨！

这是现代彭在村和彭万国两位老先生有感而发的《三河汇碧赋》，热情赞颂了经区委、区政府大力整治后重现并发扬光大的三河汇碧美景。

走在永川街头，随便靠在哪一个角落，随便用余光一扫，都能看到临江河及其支流萱花河、胜利河、玉屏河、跳蹬河、红旗河清波荡漾，每一条河都在微笑，那是发自内心的幸福微笑。幸福河湖工程，让城区的每一段河，每一滴水，都有自己的尊严、情怀、胸襟和气质。

三河汇碧全景

跳蹬河与卧龙凼

了解到跳蹬河与卧龙凼的治理情况后，我们进一步加深了对“三河汇碧”美景来之不易的理解。

跳蹬河本名猴溪河，自城北南瓜山脚一路流来，流到永川老城水东门那里称作东门河，再往南流到肖家冲口子上又掉头向西，沿着城墙根流经大南门，再扭头告别流出大南门，往南出三水巷即与主流临江河汇合……

那个时候，河清水又浅，当真是天天都有人到河边来挑水洗菜。河上没有桥，但安放三两个石磴子就能过河，故而称作“跳蹬河”。这种情况有两处：流经大南门那一段叫大南门跳蹬河，流经三水巷那一段叫新桥跳蹬河。

早些时候，跳蹬河南岸的肖家冲还是农村，北岸在后来川剧团（新中国成立前的火神庙）一带有空坝名曰“中山广场”，“中山广场”北面有一排面向河岸开门的房屋被称作“半边街”。后来，人们见“中山广场”没有多大用处空着也是空着，便在空坝上开荒种菜，还让炉灰炭渣等生活垃圾也上了“广场”，下雨天雨水稍一冲刷，“广场”上的垃圾就下了河道……

新中国成立后，经济社会不断进步，人民生活逐步提高，城区面积亦逐步拓展。跳蹬河南岸建起了街道，曰肖家冲正街，跳蹬河北岸则形成了一个硕大的农贸市场，米面粮油、鸡鸭鱼肉蛋及各色果蔬等应有尽有，买进卖出者川流不息——因为贪图买个新鲜，不少人在这里购买现杀的家禽，产生的垃圾包括大量的牲畜粪便和血污、烂泥菜叶以及两岸住户的生活垃圾等，有不少就直接倾倒在河里——这样一来，跳蹬河这条原本清清亮亮的小河，终于在经济大潮中彻底沦落了，变成了一条臭气熏天、苍蝇蚊子成堆的黑河或者烂泥沟，连两岸那些坑坑洼洼的街道也臭不可闻，脏水和泥泞遍地都是，人们晴天上街也得穿雨靴……

群众怨声载道，党和政府也看在眼里急在心里，于是在从世纪之交到新世纪之初那十多年里，曾相继启动了几次对城区河道的整治，但由于种种原因，每次都做得虎头蛇尾。待到2018年区委、区政府下定大决心的综合治理方案终于启动时，原来堪作护城河沟的跳蹬河都快被污泥填平了。一位现在已经退居二线的老干部告诉我们，2018年清理河道时，从跳蹬河里挖出来的污泥恶臭无比，让人闻着就不断干呕，下班回家也吃不下饭，他脚上还被裹在烂泥里面的玻璃碴子划出了好几道血口子。

终于功夫不负有心人，正是由于这次彻底的综合治理，治标又治本，连污染的源头都一并消灭了，群众的环保意识、卫生习惯和思想觉悟，也在党委政府身体力行的整治和宣传教育、规章制度、政策法令中提升起来，跳蹬河才像一位久蒙污垢的落难美女，终于恢复本来面目并且焕发了青春活力……

顺着跳蹬河、玉屏河到三岔河再到永中，原来一路都是桥，要经过东岳桥、跳蹬桥、小南门桥、大南门桥、五板桥、玉屏桥、文井桥、永济桥、跃龙桥、永泸桥、宋景桥（建议实地再看一下）……在永川老城区众多的古桥中，宋景桥是最令永川学子难以忘怀的一座桥。宋景桥位于永川中学老校门左侧30米处，是连接谢家河坝的一座石桥。

相传在宋代，永川小南三星村有一家宋氏子弟考中了进士，做了官后回乡探亲，因从永川城到宋氏家门要路经该处的小桥，宋氏家族觉得残断小桥让进士过路极为不方便，于是出资修了座宽大石桥，以迎接进士郎及随从经过，并将桥命名为“宋景桥”，取“宋家进士衣锦还乡”之义。宋景桥桥长20余米，宽2米左右，桥孔6个，桥面厚20公分，由长3米、宽1.5米的条石双铺面成，其中2孔桥墩雕刻有凸出的龙头。桥头北岸立有石碑一道，北岸崖壁边修土地庙一座。据史料记载，在宋、明、清三朝，永川子弟中进士者共有四十五个人，宋景桥就成了永川古代人文兴旺的见证。老永中选址也与宋景桥有关，难怪永川中学人才济济。

那天我们认识了一位老永中学子，他居然从永川中学的前身桂山书院在清圣祖康熙五十八年（1719）创建开始侃侃而谈，一直讲到20世纪的永川中学堂、永川官立中学堂、永川县立中学校、永川县立初级中学、川东区永川中学、四川省永川中学校，最后讲到现在的重庆市永川中学校。永中的故事好听，但我

改造后的跳蹬河

们中间却有人想到了临江河岸山坡上的望城坡城市生态田园和那里的向日葵。

望城坡城市生态田园处于新城与旧城之间，是新城与旧城之间一个重要的青山绿水节点。人们在生态田园种小麦、种玉米、种水稻、种辣椒、种黄豆，种出一座城乡风景融合单元——田园农耕文化新展台，种出一片既保护耕地又让城市人感受到乡愁的模式——城市田园。望城坡城市生态田园是另外一种公园，一种体验式公园。深秋没有向日葵，亲近向日葵需要等到明年夏末。

过客运中心，经商贸城到卧龙凼。卧龙凼在以前的永川化工厂和跃进机械厂附近，对面是卧龙中学。化工厂和跃进厂还在的时候，临江河的水污染特别严重，两个厂彻底搬迁后，又经过区委、区政府“一号民生工程”的综合治理，卧龙凼的生态也有了明显的好转。

传说卧龙凼河底有一口神奇的大钟，大旱时，老百姓用水车车水，只要车到

大钟一露头，天上就会下雨。不只老百姓相信大钟送雨，相传卧龙凼右边的山上，曾经有一座东山寺，寺里住着一位得道高僧，只要看到河里的大钟一露头，就会立刻焚香点蜡为百姓祈雨……现在，岸边枝繁叶茂的香樟树，似乎还在向我们述说这个古老的故事。

卧龙凼为城区临江河流域的重点治理地之一，人们利用废弃的泵站设计了水文馆，并同步启动了幸福临江河水文化主题设计。挖掘上游永川龙、永川石松、竹溪夜雨、革命水库、仙龙飞渡渡槽、登东渡槽和利济沿河水利工程和文化景点的传说故事，编撰临江河水文化集锦并开展水文化遗产信息化建设等。

不远处的“河小青”忽然发出一串串银铃般的笑声。“河小青”是永川区共青团组织的志愿者组织，不定期开展临江河流域的巡河护河活动，以实际行动践行习近平生态文明思想，助力美丽永川建设，为河段整洁干净和美丽贡献青春力量。

从卧龙凼到凤凰湖，一路阳光灿烂，一路秋高气爽。

凤凰湖是永川区在新城建设中重点打造的“三湖”之一，与之齐名的还有神女湖和兴龙湖。由于已经决定先出城前往孙家口水库等处，回头再看城区的“三湖”，所以我们的越野车过湖口而不入，风驰电掣地向城外飞奔。有意思的是，忙中出了点小的差错，师傅把车开上了另一条道，经过红星水库、民兵水库一直开到了金鼎寺水库。

金鼎寺水库位于永川区金龙镇，靠近茶山竹海，距离永川城区 17 千米，是永川区“十二五”期间的重点水利工程，亦是一座以场镇供水为主，兼有农业灌溉和农村人畜饮水等综合效益的水库，总库容 1076 万立方米。主要解决金龙、大安街道和凤凰湖工业园区的城镇生产生活用水和灌区用水。水库年平均城镇供水 629.3 万立方米，年平均为灌溉供水量 309.1 万立方米。

水库移民住在集中居民点，年轻的种地或自主择业，年纪大一点的有退休工资，日子过得悠闲而自在。看过金鼎寺水库再向回城方向的孙家口出发，一路上风光秀美，正在山上田野上吃草的山羊，有白色的也有黑色的，但是无论黑白吃草喝水的样子都很可爱。过了永胜水库，就是孙家口水库了。

孙家口水库建成于 2010 年 5 月，位于永川区中山路街道孙家口村，水库依附河流为临江河的一级支流红旗河。水库坝址控制流域面积 20.3 平方千米，总库容为 1059 万立方米。校核洪水位 334.33 米，设计洪水位 334.01 米，正常蓄水位 334 米，死水位 328.5 米。属于三等水利工程，主坝级别也为三级，设计洪水标准为 50 年一遇，校核洪水标准为 500 年一遇。大坝为碾压混凝土重力坝，坝顶高度 335.8 米，长 290 米。

由于离永川城区只有几千米，孙家口水库不仅用于城市供水和农业灌溉，还用于发展水产养殖和旅游项目。孙家口水库的建成，让曾经饱受缺水之患的永川水源丰富了。

在孙家口水库入口处仰望铁岭山，想起了从成都通往重庆的官道铁岭古道，想起了永川八景之一的铁岭夏莲。

生态修复后的临江河畔

志书有载曰：铁岭乃铁山，在县城东15里，其山石色如铁。山上有场名茶店。据传，明惠文帝过此，曾在此休息饮茶，因名茶店。场西大路边有石碑刻“铁岭山”三字，每字大约3尺见方，系明嘉靖年间巡按、天津人李钦书，至今犹存。铁岭纵横10余里，中名铁山坪，风景优美。附近有莲池坝。池中实无莲，惟多石孔，与莲相似，十分美丽，因名“铁岭夏莲”。

从孙家口水库堤坝向上望去，一眼就望到了香烟袅袅的宝吉寺。宝吉寺是永川目前最大的寺庙，既然到了山脚，似应该上山拜谒一下才好。越野车奔驰在蜿蜒的茶神路上，从上往下看，孙家口水库全景尽收眼底。大小岛屿密布纵横交错，水库简直就是一个缩小版的千岛湖。那些形态各异的小小碧岛，仿佛是茶山神女不小心丢失的一块块美丽翡翠，点缀着金秋时节的永川大地。

坐落在茶山竹海半山腰的宝吉寺，是一座清静庄严的寺庙，依山傍水，上面有风光秀逸的茶山竹海，下面有人称千岛湖的孙家口水库。宝吉寺原名文峰寺，在近2000年的历史长河中，文峰寺屡屡遭受磨难，或毁于兵燹，或毁于匪患。改革开放40年，政通人和，永川区乃重建文峰寺，为纪念寺中原来的高僧宝髻大和尚，更名为宝吉寺。永川中学唐钦贤老师见此华构新筑，欣然命笔《宝吉寺赋》曰：

净界天成，依连嶂而偎丛林；宝刹云来，眺百里而瞰万顷。负阴抱阳，聚六合之紫气；栖山隐水，挹四时之清芬。青龙蛰伏，势连绵而起伏；白虎盘踞，峰崔嵬而清宁。风月极目，云蒸霞蔚总入画；元气归真，林光山色不染尘。

琼楼华构，檐飞凌空；瑶馆新筑，佛光跃金。堂皇兮，画阁流丹；错落兮，峻寺连楹。层叠兮，数层碧瓦朱甍；回环兮，几回玉栏花庭。烟阙隐约，掩于翠微之迷蒙；禅院空寂，渺于慧海之氤氲。溪山独占，宛若天开；斤斧不露，实为匠营。

庙峙释迦，威严兮雄镇群魔；台坐弥勒，大度兮包容众生。藏经高阁，藏十万之金经；观音慈目，观大千之世音。佛陀三世，皆普度而平等；罗汉五百，各解脱而天真。香火袅袅，菩提树下参禅意；僧徒纷纷，莲花池中净尘心。

呜呼！佛门洞开，顿悟随缘；梵堂雾横，心诚则灵。坠溷飘茵，自有因果；烧香拜佛，不论卑尊。药王难治万般苦，财神无施半厘金！菩萨亦历千遭劫，仙翁能回几度春？修行常内视，点化在各人。如来但观太虚之胜境，小坐且听般若之希声。

茶山竹海与新城三湖

从宝吉寺再向上行驶，就是茶山竹海。茶山竹海为国家森林公园，位于重庆永川城北2千米处，在行政区划上与宝吉寺同属于重庆市永川区的茶山竹海街道。地处箕山山脉。箕山前山高后山低，逶迤起伏，形如一条腾飞的巨龙，民间传说在三国时就有“蜀汉飞龙”之说。“箕”乃星名，属四灵二十八宿中东方苍龙七宿之一，据传箕山是蜀汉丞相诸葛亮赐名，距今已有1800余年的历史。

茶山竹海面积117平方千米，年平均气温14摄氏度，森林覆盖率达97%，具有国家一级环境空气质量，是一个天然氧吧。3万亩茶园和5万亩天然竹林相互缠绕，茶连竹，竹连茶，因此称为茶山竹海。

茶山竹海主要有桂山茶园、青龙茶园、大山坪茶园等三大茶园和金盆湖竹海、扇子湾竹海、犀牛竹海、大岚垭竹海、白云湾竹海、竹海迷宫等六大竹海。还有后山翠竹长廊、香樟林、红枫林、双府院、仙人洞、田坝子古墓、天子殿等历史遗迹29处，道观寺庙遗址：青龙寺、萱花寺、白云寺、朝天寺、天台寺、莲花寺等14座，另外还有朱德楼、十面埋伏、茶竹天街等人文景观，其中主峰薄刀岭海拔1026米，是永川乃至渝西第一高峰。

茶山竹海植有茶树30余种，盛产“永川秀芽”“渝都毫茶”“渝州毛峰”等名茶；有毛竹、慈竹、苦竹、白夹竹等10多个竹木品种，珍贵品种有人面竹、兽竹、花竹等。

永川秀芽为永川著名特产，早已成为永川的一张名片。永川秀芽是针形名茶，属于绿茶类，产于重庆市永川区，主要包括永川区箕山（茶山竹海）、云雾山、阴山、

水利风景区神女湖和神女塑像

巴岳山、黄瓜山五大山脉的茶区。永川秀芽的鲜叶，以“早白尖”“江南茶”等良种为优，标准为一芽一叶，要求芽叶完整、新鲜、洁净，其外形紧直细秀、色泽鲜润翠绿，由此得名“秀芽”。茶中含有丰富的钾、钙、镁、锰等15种矿物质，具有促进血钠排除、防止蛀牙的功效，还有抗氧化及防止老化之功能。永川秀芽清澈亮绿，鲜醇回甘，享誉中外。2019年11月，永川秀芽上榜中国农业品牌目录。

金盆湖竹海和扇子湾竹海，是电影《十面埋伏》国内唯一外景地的两个拍摄点。扇子湾竹海竹林茂密如盖，竹尖刺破苍穹，地形复杂，地势险要。2003年，

张艺谋拍摄电影《十面埋伏》选址在此。景区保留了片中的牡丹亭、巡捕房、飞刀门总部等场景建筑。

重庆西部的箕山，峰脉连绵，山环谷绕，号称天下第一隐。由茶与竹构成的清幽独特纯粹的绿吧，其深邃的风情与韵味原本就是个极好的去处。更可以说是极妙和绝好的出故事的地方，诸如茶山神女的动人传说等等，这里就不一一细说了。

现在来谈谈我们永川新城的“三湖”。如果依注解书，《现代汉语词典》关

兴龙湖一隅

于“湖”的解释便十分干脆：湖（名词），指被陆地围着的大片积水。问题的关键是，究竟要多大的积水规模才能算是“大片积水”？如果非要八百里洞庭湖才算，那么永川根本就没有湖；如果连那些占地仅仅几百亩、几十亩的水库或者堰塘也算，那么永川的湖就星罗棋布太多太多了。

永川是一座因水而生的城市，老城因有“三河汇碧”而得“永川”之名，新城又因“三湖揽胜”而成就永川之实。从北往南数，新城神女湖是一座复合型的体验式生态文化公园，位于渝昆高速公路永川匝道口北端，风景秀丽的茶山竹海景区南麓。集山、水、林、石、亭、廊等园林元素于一园，融清新雅致的自然景观与古典浪漫的人文大观于一体。

神女湖于2010年3月破土动工，景区占地面积约1200亩，其中水体约200亩，绿化景观约1000亩。环绕神女湖水体，和谐组合了16万平方米的湖滨公园，3万平方米的茶山公园，5万平方米的竹山公园和14万平方米的神女公园。

整个神女湖景区是以休闲度假为核心的文化旅游产业聚焦区，依托茶山神女和昌州古城展示永川深厚的传统文化底蕴，突出古典浪漫主题。茶山神女雕像位于整个神女湖景区的制高点上，亭亭玉立尽显古典的优雅之美。土生土长在永川的当代辞赋家赵厚庆先生感而喜作《神女湖赋》。赋作全文如下：

一对双胞胎，两个少女神。久住仙界宫阙，渐生凡尘之心。下琼楼，穿玉殿，拨轻雾，驾彤云。姊落楚地，美入楚王梦境；身居王宫，幸封巫山女神。妹奔渝西，心痴永川箕山；情寄黎庶，长住萱花寺林。

呜呼！与王有缘者，典籍处处可稽；遁入民间者，声名湮湮无闻。亲姊亲妹，仙姿别无二致；巫山箕山，巍峨怎能两分？于是乎，捉笔而书，歌讴箕山神女；勒石以记，赋颂造福芳芬。

美矣！箕山神女兮，展花容之艳丽；亭亭玉立兮，尽体态之娉婷。云鬓峨峨兮，耸山巅之浓荫；秋波盈盈兮，传巧笑之多情。樱唇流丹兮，疑桃红之欲滴；皓齿含玉兮，似新月之初升。罗衣透灵慧，三河汇碧照银镜；蜀裙飘窈窕，丹雀移枝动心旌。白塔生光，莹润玉簪巧辉映；萱花夕照，飒爽英姿受葵倾！

仁矣！箕山神女兮，抱拳拳之情意；孜孜不倦兮，解黎庶之酸辛。种茶栽竹兮，山峦陡增葱茏；博施济众兮，千家顿消愁云。张郎攀崖兮，撷取缝中灵芝；未料毒蛇兮，霍霍舌吐红唇。采山药，治母病，可怜孝子矣，滚落萱花寺。阴阳一步之遥，命悬一线之紧。神女寻声而至，茶水代药而吞。妙乎哉！茶叶竹荪经其手，奄奄之恙竟回春。

智矣！箕山神女兮，有昭昭之纵览；棠城古今兮，经历历之轨痕。龙石茶竹，文物古迹，神女亲历兴替；“三江粮仓”，“昌州八景”，仙姑如数家珍。赋名设署，唐时去州置县令；引吭高歌，建市建区多喜闻。“三大定位”，前程似锦。陪伴星移斗转，历经宋乾元坤。茫茫黑夜，独自黯然神伤；朗朗乾坤，与众欢然销魂。身为天上仙，心系永川人。

信矣！箕山神女兮，献耿耿之笃厚；念念不忘兮，佑永川之复兴。心知肚明，改天换地人为本；深思熟虑，人寿物丰水为恒。苗枯望甘霖，江少盼水盈。奕奕神女，为决策者击节；款款佳丽，替建设者挥旌。心仪南瓜山麓，人人皆大禹；奋战文昌路口，个个变李冰。神女湖畔，热气腾腾。转眼间，山湾尽头水澹澹，神女足下波滢滢。湖深贮诗意，水阔添画屏；百鸟唱枝头，游鱼翔巨盆；林木撑天宇，花草绣廊亭。依山傍水，再开旅游景点；美轮美奂，又扩职教新城。翘首以眺，情不自禁：精美城市，人气因之而旺；幸福永川，财气陡然而增。

姊缘王贵，妹以民荣。东西两望，脉脉传情。同历沧桑，共睹鼎新；无怨无悔，各守终生。

敬告诸君，礼待神灵：慎其言，手莫乱摸；净其心，脚毋乱行。勿扰她，殷殷以待，喜迎天下客，听啧啧之叹，激赏城市标本；多陪众，奕奕而欢，笑对家乡人，望群群身影，畅游永川客厅。

现在，就在茶山神女雕像的下边，人们已经建成了永川博物馆和崭新的图书馆。

位于神女湖堤外文昌路 801 号的永川区博物馆，背靠茫茫茶山竹海和秀美神女湖，依托悠悠昌州古城，山水交融一步一景。从 2009 年开工兴建到 2018 年 10 月 26 日开馆，建造面积约 9000 平方米的永川博物馆，辛勤的城市建设者们花了整整 9 年时间。

永川博物馆里安放着永川的前世今生，也安放着百万永川儿女的前世今生。

永川博物馆分为三个陈列展览区。一楼自然厅，展览永川自然文物。二楼历史厅，展览永川人物和历史文物。三楼书画厅，展览永川书画精品。

自然厅分五个部分：秀美永川、沧海桑田、恐龙故园、自然宝物、家园永续。短短一个小时，人们就可以轻松观赏永川古往今来的全部自然风光。露出真容的万年石松，站起来的亿年恐龙（巨型永川龙、上游永川龙、宝峰恐龙），让人们瞬间穿越万年、亿年时空，同行的孩子，有的惊得目瞪口呆，有的乐得欢呼雀跃。看永川豆豉的传说和松花皮蛋的制作，有人好像才突然发现，对孩子来说，博物馆是一个很不错的教育基地。仔细一想，其实，不光是孩子，大人也一样。博物馆这座精妙绝伦包罗万象的城市文化教育窗口，是一个值得终身学习的地方。

历史厅也分五个部分：远古追踪、汉风醇厚、唐宋古城、兴盛永川、革命岁月。永川文明兴起、建县沿革、社会发展等历史人文科学，包括每一件文物的生命轨迹都让人叹服。成渝线上最精美的城市永川，不愧是一个历史底蕴深厚的地方。来到黄开基的雕像面前，许多永川人都会恭恭敬敬地鞠躬。黄开基在第一次鸦片战争中率军抗击英国侵略军的豪气和他从五间长途跋涉运胡豆的仁义，都让人肃然起敬。

书画厅分两个部分，一部分是以有“东方梵高”美誉的陈子庄的书画作品为代表，包括陈子庄唯一的自画像，近 10 幅真迹，以及部分仿真画作和生前使用并珍藏的康熙字典，同时还有部分陈子庄亲属和学生的代表作。陈子庄的生平简介告诉了我们一个真实的陈子庄。陈子庄不光是有着旷世才华的著名国画大师，还是西南地区为数不多的武术高手。另一部分是永川现代书画家捐赠的作品展，展出作品的书画家有刘声道、刘阿本、万丛木、曾德甫等。著名金石、书画、微刻家刘声道，号称巴渝怪才，他当年倾情创建的摩崖书法石刻群已经成了永川石龙山的一张文化名片。

博物馆，一座城市文明的象征。博物馆，一座城市文化的灵魂。从一楼到三楼，从三楼到一楼，这里有可移动文物近5000余件，有石器、玉器、木器、铜器、铁器、陶器、瓷器等十几个类别。其中，国家二级文物9件，国家三级文物60件。馆内文物年代横跨新石器时代至近现代，既有珍贵的自然类文物，又有宝贵的人文历史类文物，是一座综合性博物馆，这样的规模在其他区县博物馆极为少见。侏罗纪宝峰恐龙化石，明鎏金铜千佛塔，东汉浮雕双阙出行杂耍伏羲女娲图，东汉画像石棺，明瑞云寺住持石造像，清代黄开基帽筒、墓砖、墓志，清戏剧人物石刻围栏，为博物馆的七件“镇馆之宝”。永川博物馆是永川的城市记忆，承载着主要属于永川百姓的历史记忆。

博物馆旁边是图书馆，建于茶山竹海南麓和神女湖之畔的新城文昌路。这的确是一条钟灵毓秀的文脉之路。生态文化公园神女湖，古色古香的昌州古城，国家二级博物馆永川博物馆，国家一级图书馆永川图书馆新馆，都汇聚在这里。

2018年10月26日开馆的永川博物馆，建筑面积约9000余平方米。2022年元月4日开馆的永川图书馆新馆，建筑面积约7000余平方米。无论从开馆时间排序，还是从建筑面积排序，永川博物馆都是大姐，永川图书馆新馆则是小妹。

未等永川博物馆开馆，“富（赋）人”赵厚庆便于2017年9月在中国作协主管的《中华辞赋》上发表了《永川博物馆赋》，其赋曰：

兴龙湖一隅

盛世襄盛举，新人谋新功。硬件软件，渝西腾蛟起凤；各行各业，永川竞秀争雄。强区之举，产业城市互动；铸魂之道，经济文化相融。由是再添新景，以承文脉；于斯吸引万众，而睹尊容。

尔其北枕箕山之苍翠，南眺兴龙之恢宏；东闻高铁之呼啸，西赏碧水之流泓。应时问世，煌煌博物之馆；知往鉴今，昭昭历史之城。收奇罗异，列列文物珍藏所；广闻博览，荦荦科教文化宫。夫地标显赫，栋宇峥嵘。览宏构之倨地，仰丽阁之凌空。厅室多间，大堂数重。或文物标本，或工艺美术，或文字摄影，或激光霓虹。诸类陈设井然，珍品荟萃颇丰。

至于动则人群如流，驻则观众似丛。时空隧道，由此洞开；古今轨迹，凭其贯通。遐思混沌之状，遥想茏葱之崇。既有天成地蕴，又有鬼斧神工。凶猛恐龙，侏罗纪之荒古；高危树种，亿万年之石松。何其神妙，梳妆台之活石；何其隆盛，新石器之汉东。石制木制陶制，杯碗台盏壶瓶。佛像佛塔凤冠，或金或银或铜。令人振奋，桑梓文化灿烂；发人深省，祖先智慧无穷。

移步换景，寻俊茂之足迹；见贤思齐，忆达士之行踪。“三杰”帝师，陈鹏飞斥奸南宋；清朝知府，黄开基横扫倭凶。红军高官，刘安恭血洒闽粤；南京英魂，钟天樾气贯苍穹。黄秉湘巴蜀创新学，陈文贵细菌揭日狰。美术巨擘，万丛木创建川美；“东方梵高”，陈子庄铭镌鼎钟。民生公司，郑东琴勠力抗日；“历史气候”，徐近之肇建寰中。形象栩栩，后昆仰慕；事迹历历，吾侪感衷。立大志于襟怀，荡豪情于心胸。

噫嘻！钟灵毓秀，物藏于八景胜地；踵事增华，人出自千家劳农。万事当以人为本，千桩宜以天为宗。承上启下，赖主力于青壮；前传后教，寄希望于叟童。益智尚美，今朝犹赏千葩百卉；光前裕后，明日更待万紫千红。喜迎兮全面小康，乐见兮桑乡昌隆。

永川博物馆从开工到建成花了近 10 年时间，永川图书馆新馆从开工到建成花了近 3 年时间。作为中国西南文化新地标，永川图书馆新馆是一座既古典又现代的精美独栋建筑。作为藏书量 50 万册、有 20 余个功能窗口的永川图书馆新馆，接纳能力非常强，可以一次性接待读者 1000 余人。

走进永川图书馆新馆，那些造型简单干净的线条，那些搭配清秀纯粹的色彩，伴着一股幽幽的书香迎面扑来。馆内除了 35 万册书籍，还有 20 余万种电子期刊和图书，10 余台电子书设备。电子阅读机和电子阅读本，能够满足读者的多元

兴龙湖一隅

化阅读需求。馆内处处洋溢着浓郁的永川特色，独有的茶竹元素，茶竹缠绕，茶竹翩翩，茶魂悠悠，竹节浩浩，为读者构建了一个坐拥百城穿越古今的惬意阅读空间。

永川图书馆新馆一共三层，主要由藏阅区、对外交流区两大功能区组成。一楼藏阅区包括：接待大厅、新书推广区、阅读活动区、户外阅览区、亲子阅览区、沉浸式阅读体验区、报刊阅览区、多功能阅览区、文创区、儿童阅览区等区域。二楼对外交流区包括，多功能报告厅、新型会议室等能举办不同展览、研学交流和培训活动的区域，以及高效快捷的冷餐区。三楼为办公区，属于图书馆工作人员的领域，读者不能随便进出。

永川图书馆新馆除了开阔大气优雅舒适以外，还具有人性化和智能化特点。入馆阅览图书、报刊、电子文献等不需要证件和费用，但借阅图书须使用借阅证。凭个人身份证或其他有效证件支付 100 元押金，就可以快速办理借阅证（注销借阅证时押金如数退还）。无论办证、借书、还书，还是查询及图书杀菌，读者只需要动动手指头就能在线上完成。如果遇到因故闭馆，读者可以通过图书馆左侧的露天楼梯到二楼借书。二楼室外有空旷的阅读区，还有 24 小时自助借书机。

自助借书的好处，在于既不浪费自己的时间，也不给别人增加麻烦，是一种轻奢的借书和读书方式。一直记得韩愈说过，“书山有路勤为径，学海无涯苦作舟。”也一直记得李苦禅说过，“鸟欲高飞先振翅，人求上进先读书。”是的，读书可以不断充实自己，读书是世界上成本最低的升值方式。随着智能手机的普及，从纸质书到电子书，阅读发生了翻天覆地的变化。网站、公众号、百家号、头条号、微信读书，以及风生水起的各种知识付费平台让阅读方式目不暇接。

但是，纸质书和实体图书馆的体验不可替代。纸质书和电子书，一个传统一个现代，作为真正的读书人，既要传承传统文化也要接受现代文明。走过的路，会留在记忆里，读过的书，会留在眼神里。馆内的每一本书，都是一朵溢香的海棠，或者一株清香的桢楠。

永川图书馆新馆是永川人的精神花园，是永川人的终身大学。

神女湖往南几里——过几条十字街口的红绿灯，便是与之齐名的兴龙湖了。建成于2010年的兴龙湖公园，位于永川新城的核心地带，在被评为重庆市十大最美大道的兴龙大道东侧，南北分别是昌州大道和红河中路。占地共约700亩的兴龙湖公园，水体面积有200余亩，以湖为中心划出了六个功能区，每个区都用一个字导引：

怡——风尚之港；

逸——滨湖林荫道；

弈——玲珑湾；

仪——茶博园；

奕——水晶宫；

谊——现代水岸。

更为奇特的是，兴龙湖公园还集纳了来自全国东西南北各地300多个属600多个品种的植物，是一个花草树木的大观园。风尚港上，黄葛、银杏、香樟、樱花、楠木迎风屹立；滨湖林荫道旁，兰花楹、天竺桂、山茶花等交相辉映；玲珑湾里，水杉、地杉、睡莲、黄菖蒲、杜鹃、八仙花，把整个湖湾装扮得玲珑有致；湖东山体上，一条条整齐的生态带绿墙般把一座山隔成了层层梯地，各色植物均在地头亭亭玉立。此外，兴龙湖不但具有现代园林的特色，还同时极具传统和历史文化的内涵，也处处彰显茶、竹、龙文化和永川特色。在风尚港上可以看到镶嵌在地表的龙灯饰，在林荫大道上装饰有从两汉到明清各个时期的龙浮雕；茶博园和东边山体上也有茶竹相映成趣。每当夜幕降临，华灯闪烁齐放，音乐喷泉彩雾喷涌，水幕电影闪亮登场，林荫道上游人如织……

兴龙湖的居民，每个清晨伴随鸟语花香醒来。推开窗，近处，湖光山色，碧波荡漾。远处，天蓝水碧，绿树成荫……

兴龙湖周围是永川新城的繁华商圈，永川区的标志性建筑协信中心摩天轮就位于兴龙湖畔，美称渝西之眼。摩天轮坐落于15.9米高的屋顶，总建筑高度约为107米，转盘直径为82.2米，回转直径为88米，共有42个标准轿厢，设计总承载人数为252人，是当之无愧的渝西之眼。总有人一想到搭乘摩天轮在107米的高空下鸟瞰全永川城美景，内心就无比激动，那可是享受云端之上的超级体验。

兴龙湖东坡上，还有重庆云谷——永川大数据产业园，到2020年底已经入驻企业365家……达瓦与中国航天科工三院一起完成了我们国家的“国庆70周年阅兵仿真系统建设”任务，使阅兵式的进行不差分毫；全国首个自动驾驶公交车在永川投入运营，神女湖、兴龙湖是必到站点；百度“萝卜快跑”正式落地永川，已经面向公众提供自动驾驶出行服务。

从大数据产业园往北到高铁永川东站不过两千米。永川东站是中国铁路成都局集团有限公司管辖的铁路车站，也是成渝高速铁路第三大车站。成渝高速铁路的通车、永川东站的建成，使永川更加快速地融入了重庆主城，也加快了永川区的工业化、城镇化发展进程。永川东站的设计理念以“茶竹永川”为主题，以永川茶竹文化历史为背景。车站整体造型远观犹如大鹏展翅，立面采用地方石材，融入地域建筑特色。流动向上的立面犹如从城市里生长出来，细疏的韵律和节奏变化抽象于竹子和茶韵，象征着永川蒸蒸日上的发展态势和充满活力的美好未来。

出兴龙湖再南行几里，便是凤凰湖。凤凰湖公园占地1249亩，其中水体面积约有260亩，绿化景观面积380亩。公园由入口广场、湖心岛广场、文化休闲特色一条街、接待中心区、生态景观区和商住区等六部分组成。整个景区酷似一只凤凰在展翅飞翔，南部如凤头，水体似凤腹，水面的亲水平台恰似凤冠，北部山坡又极似翘起的凤尾，园内树阵的排列变化则犹如凤凰的羽衣纹路……这里所打造的凤凰文化的内涵，则体现为永川人奋发向上、刚毅坚韧的奋斗精神。

依托凤凰湖公园，人们建成了凤凰湖产业园区，在园内栽种了一排排梧桐树，让那一群群闪亮的金凤凰，喜气洋洋地飞来在这里栖居。长城汽车、晨阳水漆、东鹏陶瓷、雅迪电动、渝琥玻璃……她们在自己快乐栖居、快速发展的同时，也为永川人民创造了财富和就业机会。单是一个长城汽车，生产一辆整车只需两分多钟，2022年1至8月就已经实现工业产值192.39亿，创造税收12.02亿元！

从党的十八大到二十大胜利召开的这十年，正是凤凰湖产业园区突飞猛进的十年，现在凤凰湖产业园区已有高新技术企业107家、专精特新企业49家、科技型企业192家、重庆市企业技术中心26个、重庆市中小企业研发中心15个和重庆工程技术研究中心6个、“小巨人”企业5家，有发明专利400余件——这该是多少的“金凤凰”啊！

自2009年动工兴建“三湖”以来，“建三个湖，兴一座城”，让建设中的永川新城，实现产、城、景融合发展——区委、区政府的正确决策，得到了很好的贯彻实施，三湖美景为永川城区增加了三处靓丽的文化旅游和人文景观，提升了这座城市的品位和品质，也为这座城市经济社会的全面发展注入了无尽的活力。决策者和建设者们的功绩，值得现在和未来的永川人共同铭记。

永川新城“三湖”建设取得的巨大成功，当然也少不了区政府水利部门的一份功劳，同时也与永川人的母亲河临江河密切相关。临江河在城区的支流红旗河则直接为兴龙湖铺垫了底水并且随时准备着为她补水。若遇大雨等情况涨水，凤凰湖多余的水则能够通过溢洪道迅速排入临江河去。

这儿太惹眼了。现在重庆市的都市快线已接入永川，来和临江河打招呼；从西到东也将紧临三湖，重庆共设了4个站点，几乎与红旗河并行；沿线地质勘测早已完成，正式开工在即，今后从中心城区至永川将更为便捷。

大竹溪与小水花

从凤凰湖沿着临江河到栏杆滩。一路上，我们不说栏杆滩火车站，也不说栏杆滩电厂，就说大竹溪。因为栏杆滩不远处就是临江河第二大支流大竹溪河。

卫星湖大竹溪农业产业园

卫星湖街道大竹溪上的水花基地

大竹溪为临江河右岸的一级支流，发源于永川区吉安镇茯苓村六组，流经永川区境内吉安镇、五间镇、南大街街道、卫星湖街道，再经五间镇八一水库流进卫星湖，最后汇入临江河。流域总面积 86.09 平方千米，河流总长 26.19 千米。

卫星湖街道系因境内有卫星湖而得名。卫星湖水库建成于 1963 年 12 月，是一座以灌溉为主，兼有防洪、供水等综合利用价值的年调节中型水库。坝址控制流域面积 32.95 平方千米，总库容为 1019 万立方米，设计灌溉面积 2.516 万亩。校核洪水位 301.31 米，设计洪水位 300.1 米，正常蓄水位 296.83 米，死水位 292.42 米。卫星湖水库工程属三等工程，主坝级别为三级，设计洪水标准为 50 年一遇，校核洪水标准为 500 年一遇。大坝为均质土坝，坝顶高程 302.99 米，最大坝高 18.5 米，坝顶长 141 米。

卫星湖旅游景区是国家 AAAA 级旅游景区，位于永川区卫星湖街道，距重庆主城区 63 千米，距永川城区 10 千米。与国家森林公园茶山竹海、国家 AAAA 级景区重庆野生动物世界和松溉古镇处于同一黄金旅游线上，是渝西主要旅游景区和重庆至川南、滇东北、黔西北交通要道上的重要景区。景区以著名的卫星湖及其周边景观区域组成，面积12平方千米。卫星湖全长8千米，1500亩水面湖湾交错，有自然形成的多个半岛和岛屿。湖西北岸有全国农业旅游示范区、省级森林公园黄瓜山森林公园和著名的比子沟景区，湖东南岸为金三维生态花卉园区，风景秀丽的重庆文理学院星湖校区也建在卫星湖西岸。

卫星湖旅游景区内涵丰富，旅游基础设施齐备，有游乐服务功能齐全的水上世界、开明水上游乐场和度假村游船综合码头；有环境优美的省市级园林式高等院校重庆文理学院星湖校区、卫星湖国际旅游度假村、桃花山庄、比子沟等。还有具有宗教、民俗文化特色的石龟寺、康乐宫和闻名渝西的特色美食馆星湖鱼庄，那儿常年供应“星湖鱼”“山椒乌鱼”“麻辣鱼”“鱼丸鱼糕”等特色菜品，客人尽可以坐在那儿边吃边凭窗欣赏卫星湖美景。

卫星湖与大竹溪交汇处有一座石龟寺，系因寺内有三只大型的石龟而得名。那三只石龟大小差不多，身长2.44米，颈长0.66米，甲背宽约1.33米，身高0.45米。甲背上有一条很深的凹槽，龟甲、头、尾、四肢齐全。三只石龟昂伸长颈，看向远方。

在石龟寺对面，也就是卫星湖畔的石龟寺村，我们见到一位慈眉善目的长寿老人。老人姓盘，今年101岁。盘爷爷一辈子从未出过远门，就在卫星湖畔种了一辈子庄稼，一共育有一女七子。老伴过世后，盘爷爷一直跟着三儿子三儿媳生活，老人慈祥，子女孝顺。

2022年的8月，60年一遇的干旱和连晴高温，注定会成为重庆人永远的记忆，持续的高温和旱情、山火以及新冠疫情相互叠加，形势可以说是非常严峻。但当问到盘爷爷今年夏天热不热时，他居然摇头说：“没有觉得天干呀。”想想也不奇怪，盘爷爷住在黄瓜山下的卫星湖畔，要比城里清凉许多。

盘爷爷家的生活用水是从黄瓜山上引下来的山泉水，免费又环保。陪同的街道工作人员和村干部告诉我们，卫星湖富氧离子高，卫星湖街道办事处长寿老人很多。七八十岁及以上的老人有2000多位，九十岁以上老人有200多位，一百岁以上的老人有12位。

“依山傍水好康养，百岁老人何其多！”才思敏捷的赵厚庆脱口而出赞叹道。

卫星湖上有永川著名的小桃花岛，在卫星湖赏月的情景，令人难以忘怀。

在卫星湖桃花岛这片人间天堂，品甜月饼，赏圆月亮，有一种只可意会不可言传的曼妙。湖中的星星，稀疏可爱，湖中的月亮，又圆又亮。月光在湖面，盈

大竹溪上的小桥

盈流动，湖水载着月光和我的思绪，缓缓流向远方。

离开卫星湖，我们顺着大竹溪前往双竹水花基地。

永川水花基地，位于卫星湖街道大竹溪卷洞桥村民小组，是依托大竹溪建成的西南地区最大鱼苗鱼种基地。地处永川至泸州高速公路旁，历史悠久，交通便利，距重庆主城 70 千米、永川城区 10 千米，到成渝高速公路永川站口 15 千米。

鱼鹰飞过来，水花不知是欢喜还是忧愁。这里的“水花”，不是水上开出的花朵，而是指永川区双竹渔业协会、永川区水花鱼养殖专业合作社暨双竹渔场所培育的鱼苗。“水花”既包含了双竹渔场及其生产的水产品——水花鱼苗鱼种以及食用鱼，又特指“水花”——即鱼苗。水花在水产学上即指称鱼苗，一般指从亲本鱼体内产出的稚鱼（包括生长至 3.3 厘米寸片规格以下的小鱼苗），娇嫩细小（细似头发般大小），全长只有 0.5~0.9 厘米，身体上只有鳍褶，活动能力弱，饲养难度大，技术要求高。“水花”是物名，“永川”是地名。因鱼场生产量大，供货周期长，各种规格及数量大小均可随时生产供应且质优价廉，全场100余户养鱼户团结互助，得到外地客户的赞赏和青睐，一传十、十传百……在水产界，“永川水花”赫赫有名。

20世纪70年代，人民公社下面的生产队社员集体养殖水花，后来变成私人养殖。经过几十年的发展，如今的“永川水花”，已经形成了一条产业链，光水花电商平台就达30多个。“永川水花”不光拥有国家地理标志证明商标，还是重庆市乡村振兴示范、重庆市尾水治理示范和重庆市科普示范基地。凭借这种品牌效应，“永川水花”旗下的草鱼、白鲢、花鲢、青鱼、鲶鱼、武昌鱼、鲈鱼、银鳕鱼、华鲮、丁桂鱼、青波鱼、岩鲤、胭脂鱼、红鳕鱼、鲫鱼、鲤鱼等30多个品种，不仅销往全国20多个省，还走出国门远销到俄罗斯以及中亚和东南亚国家。

水花基地过去再往前走就是永川农科所，农科所是从临江河的麻柳河段长岛汇搬迁过来的。农科所除了研究新农作物，还能解决村民就近就业。穿过平整的再生稻田，看到流淌的竹溪河，就看到了永川八景之一“竹溪夜雨”。

《永川县志》云：

县城南30里双凤场（今双竹乡）外三里外，有小溪名大竹溪，细竹繁茂，丛生夹岸，姿态婆娑，怪石峥嵘，景极幽丽，即或无霜露之晨竹上亦有雨滴痕迹，因名“竹溪夜雨”。下游有一岩，好像狮子口，口中有古石刻，后因塑观音像，刮去大半，剩下的已不可辨识。

卫星湖街道的工作人员说，大竹溪以前有渡船，商贾云集，人来人往。竹溪夜雨生态保持良好，两岸竹子苍翠，溪面白鹭飞翔。不远处有一座踏水桥，名叫水沱桥，不急不缓走在桥上，随便拍个背影也像大片。水沱桥似乎在骄傲地告诉我们，大竹溪从远古流来，流过大竹村和南瓜村，一直流向临江河。

河也临江，镇也临江

大竹溪绕过卫星湖几个村之后，经由小竹溪村流入临江镇，然后再从临江镇九龙村滩子坝村民小组汇入临江河。

临江河流到临江镇，会让人觉得临江河与临江镇是不是有什么特殊关系。是的，临江镇和临江河有两层特殊的关系。一是因为临江镇不仅仅是一个被临江河滋润的乡镇，二是因为临江镇的得名与临江河有关，临江镇因场镇建于临江河畔

临江河线性公园

而得名。和母亲河同名，临江镇的幸运和幸福，独具一格到让人羡慕和嫉妒。

据光绪二十年（1894）增修的《永川县志》记载：

临江场，县南四十里，旧在街西北五里，名陈家场。康熙中移置。因县河经绕，改为临江。

1985年10月，由临江乡改为乡级的临江镇。临江场同时还是临江区的区公所驻地。1992年，当时的永川全市撤区并乡建镇，原临江镇在合并原普安乡、高滩乡后成了新的临江镇。临江镇地处云雾山脉与黄瓜山脉之间，地势呈东北西南走向，北高南低，东西高，中间低；地形属川东平行岭谷区的低丘陵体系；境内最高点位于普安村二郎尖，海拔664.9米；最低点位于天堂村4组，海拔266米。

临江河在镇境流长18.7千米，流经本镇所辖九龙、隆顺、龙安、龙洞桥、天堂等村，接纳桂花溪河、龙洞桥河、陈临溪河等大小支流后流出临江镇，进入何埂与早已候在那儿的圣水河汇合……

或许因为同名，临江河似乎格外亲近临江镇，临江镇人也格外珍爱临江河。特别是永川区委、区政府加大河道整治力度这几年来，他们紧密配合区水利部门，通过“一查二停三引四扩容五提质”的综合治理，终于恢复了临江河河清岸绿的本来面目，水质实现了基本达标。这儿的滩多，经过临江场的河滩高低之差有二三十米；分成了好几道堰堤将水拦起来；堰堤造型各异，有的堰堤还挂着长长的一溜瀑布，溅在凹凸不平的石底河滩上，犹如滚出一堆堆白雪。现在，他们在巩固和深化治理成果的同时，正在临江场镇外沿河修建“临江市民公园”和与之配套的沿河三千米人行步道，供广大群众休闲散步和锻炼身体。与此同时，临江镇人还特别重视沿河物质文化的发掘和保护，制作了一项多达28项的镇域内沿河水物质文化遗产清单。

在这份清单背后，还归附着经他们收集整理的神奇传说和经典故事，特别是那些人物故事，好多都是真实的，彰显了山水临江的丰厚历史底蕴和人杰地灵。诸如：

汪家院子剿匪记——新中国成立初解放军和人民群众对敌斗争的故事。故事发生在紧邻临江河跳蹬子桥头的临江镇天堂村汪家院子，20世纪50年代初，人民解放军某部在当地群众的支持下，剿灭了一股以陈作师为首的顽匪。有近10名解放军战士在战斗中牺牲。

古代先贤凌夫惇——临江镇具有民族气节的古代乡贤故事。临江镇人凌夫惇，

临江河河滩

临江河跳石桥

崇祯十六年进士，官至贵州学政和太仆少卿等职，曾为颇有建树的明代永川县令徐先登撰写德政碑。明亡后吃粗茶淡饭，穿粗布衣服归隐山林严守气节，死后葬在临江镇原陈家场故址。

抗战英杰凌谏衔——临江籍战将凌谏衔的抗日故事。凌谏衔，永川临江人，1908 年生，1929 年毕业于黄埔军校，在川军第 21 军中历任连长、营长、团长直至少将师长、副军长等职，在抗日战争中曾与川军名将郭勋祺、潘左等并肩作战重创日军，1949 年率部参加郫县起义，1952 年 3 月转业，1958 年 4 月病逝于永川。

革命烈士尹承芙——南下干部尹承芙在剿匪斗争中壮烈牺牲的故事。革命烈士尹承芙，南下干部，新中国成立初任临江区副区长。1950 年 2 月 8 日，匪首朱涛率匪徒 200 多人攻打陈食场，他们冒充联防队员抓住了所谓的"土匪"，径直走到正在主持征粮大会的临江区副区长将尹承芙身边，女土匪胡荣华绕到副区长后面右侧，举起大刀将其杀害。

乡贤评理陈久述——现代新乡贤、临江人陈久述创办乡贤评理堂义务为群众调解纠纷的故事。陈久述，临江镇临江河边隆顺村人。村民们都叫他"久述"，又因当地方言中"久述"和"九叔"发音相近，渐渐地，大家都亲切地喊他"九叔"。"九叔"的 153 首打油诗，记载着他 153 个义务为乡亲们调解的故事。前不久，他的故事被拍成微电影——《九叔评理新风来》，并在"全国第三届平安中国微电影微视频微动漫比赛"中被评为"十大微电影"。

种粮能手黄泽兵——新乡贤黄泽兵不愿发财致富愿种粮，发誓要把中国人的饭碗牢牢掌握在自己手里的故事。黄泽兵，临江镇普安村人，1956 年生，永川新乡贤。1999 年放弃在外跑运输赚钱的机会回家种田，声言"我们中国人的饭碗应该牢牢掌握在自己手里！"他一锄锄、一犁犁地拓荒种田，逐步改良土壤、改进种植方式并逐步实现机械化，同时，改良引进优质稻种，到2012年自己耕种流转田地1100多亩，最多时他自己一家就年产稻谷上百万斤。2014年成立黄杨农业机械专业合作社，发动和带领大家一起种粮，共种植优质水稻4500多亩，年总产稻谷数百万斤。由于生产成绩突出，黄泽兵相继被评为重庆市种粮标兵、重庆市劳动模范和全国种粮大户……

少年英雄朱周兰——九岁的红领巾朱周兰见义勇为并舍己救人而英勇牺牲的故事。少年英雄朱周兰，女，临江镇普安村人，1982年生。1991年8月30日中午，朱周兰在和平水库边摘桑叶时忽听人呼救，随即见两个比她还小的儿童在水中挣扎，当即奋不顾身地跳入水中救人，当大人们赶到时已不幸牺牲，带着美好的愿望献出了自己年仅九岁的生命。

临江镇人杰地灵，物产也丰富，临江河两岸良田万亩，天堂村的红高粱远近闻名，普安村的稻花香遍四方，丹诚家庭农场果熟瓜甜，润色生态农业助乡村振兴——简直是多得数不胜数！而我们一行中的刘莉女士，又特别钟情于这儿的桢楠中药研究所，一个人挤出时间跑去参观回来后写道：

桢楠是永川区的区树，和区花海棠交相辉映。对笔者来说，三教张家湾林场的桢楠已经很神奇了，何况这是临江河畔的桢楠研究所。

花有花的香气和香味，草有草的香味和香气。握着花拎着草，带着满身草木的醇香，来到地处临江河畔的重庆桢楠中药研究所。顾名思义，除了提供芳香中草药种植，桢楠中药研究所主要从事桢楠药用价值研发和生产药香。宽敞平坦清香阵阵的院坝里，整齐地摆着一排排有香味的木质方框。左边的方框装着密密麻麻的熏香，右边的方框装着挤挤挨挨的蓝莲花。

一路香着甜着，走进配料车间。药香原料的挑拣、分类、打粉和配料，就由配料车间负责。笔者到时，一位中年女工正在车间一角打粉。女工把优质香材放进打粉机，浓郁的香味和细腻的香粉就缓缓流了出来。香粉装满料罐后，另外的女工便用细筛子慢慢筛香粉。筛完之后，女工把留在细筛子里漏不下去的香粉放回打粉机，重新打了一次。细腻的香粉粘附性好，不容易脱落，因此，香粉要保证细腻中的细腻。

从配料车间到加工车间，犹如穿行在香的森林里。过了好几个车间，嘴里还又香又甜。香膏就是香膏，芬芳馥郁，沁人心脾。加工车间在右边最后一个车间，隔窨花车间比较远。加工车间通过混合搅料、制香和晒香等技艺制成线香、盘香。看着前面的工人将调好的配方放入搅拌机中加入井水搅拌，后面的工人把拌好的湿沉香倒入机器中，挤压成条，另外的工人把长度差不多的香放到晾干板上，再将那些弯曲的香清理摆直，最后用尺子压住。别人站着制了一根线香，笔者坐着制了一盘熏香，仿佛也成了制香工人……

中药是中医学的重要组成部分，更是中医学的重要标志之一。中国是中草药的发源地，迄今为止已经发现了万余种药用植物。想起芳香中药就想起名医扁鹊、华佗、李时珍。中医属于传统医学，汇聚中华五千年上下文化之精髓，超越时空，素来讲究阴阳平衡，天地相合……

想着桢楠中药研究所种种的好，经过芳香中草药种植基地，在院士油菜试验田小憩了一会儿。不知不觉，笔者又来到研究所的美女所长香十二女士创办的徇齐书院。

徇齐书院最让人惊叹的是画像——中国古代名医画像。在芳香中草药种植基地，我只想到了扁鹊、华佗、李时珍三位，而徇齐书院的墙壁上，赫然挂着古代十大名医的画像和简介。画像依次是医祖扁鹊、外科鼻祖华佗、医圣张仲景、针灸鼻祖皇甫谧、道家医生葛洪、药王孙思邈、儿科之圣钱乙、法医学之父宋慈、

药圣李时珍、天医星叶桂。如获至宝地拍下古代十大名医画像和简介，细读完这些悬壶济世妙手仁心的杏林高手生平简介。感慨万千的同时，笔者一下子明白了，中医杏林文化园为什么要在一个金秋时节与徇齐书院同时启动。徇齐书院志在传承中医薪火，弘扬中华国粹，续写杏林华章。为了让当地孩子免费学习中医药知识，为了给当地老人免费看诊，徇齐书院还不惜重金引进了一批老执业中医师、中药师、茶疗师、香疗师等优秀人才……

更加令人欣喜的是，河道整治、河湖水系连通工程带动了临江镇全面开展农村人居环境整治行动，让各村的村容村貌焕然一新。与此同时，村上也办起了文化活动室，还为乡亲置办了一些书籍和健身器材，大大满足了群众的文化需求，提高了群众的幸福感、获得感。扎实推进乡村振兴，临江镇呈现出一片花香景美产业兴的崭新面貌。

临江河畔的临江广场

仙龙飞渡留胜迹

告别临江镇，临江河顺流再南下，径直奔向何埂。我们也跟着临江河向南奔跑。在何埂镇的转角店村，站在猫溪公路桥上，看着缓缓汇入临江河的圣水河，“哟，好清亮的水呀！”有人喊着，我们不由得停下了脚步。一眼望去经过治理的临江河和她的重要支流圣水河，现在都是一样清澈，一时间真是泾渭难分。

圣水河居然是在这里汇入临江河的！莫非你想捷足先登直达长江？没想到被临江河把你收编了，前几天，我们还在你的上游呢！

圣水河是临江河第一大支流，发源于永川区吉安镇白果村，在流经仙龙镇和

仙龙飞渡远眺

五间镇后，最后在何埂镇转角店村汇入临江河，全长29.48千米，自然落差270.5米，99.4平方千米的流域面积，养育着17万沿河儿女。

走下猫溪桥，越野车沿着上游水库（习惯称为“圣水湖”）小开一会儿，就是仙龙镇的地盘了。仙龙镇在黄瓜山山脉的向南延伸处，地形以丘陵地貌为主。境内最高点位于牛门口村天堂头，海拔250米，最低点位于太平桥村，海拔206米。东邻何埂镇，南与朱沱镇相连，西靠四川省泸州市泸县百和镇，北与吉安镇、五间镇毗邻，距永川区人民政府驻地26千米，区域总面积83.19平方千米。因镇政府驻于老庙寺下，场北有山形似“龙”而得名。

仙龙镇水资源丰富，主要河道有一级河道大陆溪河、新桥河、土地滩河3条。大陆溪河发源于仙龙镇大磨村沿河组，由东向南流经镇境内长8.6千米；新桥河由北向东流经镇境内长10.6千米。仙龙镇不光水资源丰富，旅游资源也十分丰富，景点有仙龙飞渡、牛门口水库、祝家坝大院及仙龙庙等。

第一次听到“仙龙飞渡”这个气势磅礴的名字，我们连心跳都加速了。第一眼看到位于巨龙村的“仙龙飞渡”，我们的眼睛都直了。一路小跑过去，近距离接触，才发现仙龙飞渡不是一座古桥，而是一条连接水渠的渡槽。

但仙龙飞渡又极像桥，所以又叫6号桥，严格地说，应该叫仙龙镇6号双层渡槽。说起渡槽，永川区可不少，前面看到的宝峰登东渡槽，来苏乱石山渡槽等等皆是。一时之间记不住那么多渡槽的名字，反正这些过去的建筑，都蕴含着劳动人民的勤劳与智慧。“仙龙飞渡”，是渡槽中的一个杰出代表。

其实，“仙龙飞渡”的修建时间并不长，和其他渡槽一样建于20世纪70年代，是用于人民公社的农业灌溉。“仙龙飞渡”为纯石头结构，因处于丘陵地带，渡槽随地形而变化，中段通过两座小丘陵，共有11跨，巍然耸立，自成一格。中间的七跨最为奇特，为两层跨，上面一层供水通行，下面一层供人通行。水过的渡槽有1米多深，宽约1米；人行桥面宽约2.5米，拱形门洞宽约0.6米、高约2米。大家都说，有如此长度且双层结构的渡槽很是罕见。

“仙龙飞渡”无论是在色彩上还是形体上，都非常适合拍摄怀旧之风。于是便常有一群爱美的女性，穿着五颜六色的服装，娉娉婷婷走在第二层跨上，摄影师快门一响，照片美得根本不需要再美颜。

随着科技进步和水利设施的完善，“仙龙飞渡”已经失去了灌溉农田的功能。但它是人民公社时期象征艰苦奋斗“人定胜天”的产物，是一个时代的精神记忆，是一种时代文化的传递工具，是仙龙镇一道靓丽的风景。

从巨龙村至牛门口村，长达两千米的引水渡槽直达牛门口水库。回望“仙龙

114 临江河　幸福河

仙龙飞渡近貌

飞渡”，仿佛悬挂在半空之中。如果开槽放水，“仙龙飞渡”也许会像一条银白色的飞龙在空中漫游。

牛门口水库和“仙龙飞渡”一样建于20世纪70年代，是一座以农业灌溉为主、兼有场镇供水、防洪等功能的水库。水库占地面积400余亩，库中有一个面积50余亩的鲢鱼岛，生态环境优美。水库四周森林覆盖，有李树、桃树、梨树、橘树等近十种水果，春季繁花似锦，夏秋果实累累。

太平桥村以祝家坝大院最为出名，仙龙镇的大院也以祝家坝大院最为出名。祝家坝大院虽然不像祝员外的祝家庄，养育过祝英台那样为爱化蝶的奇女子。但是，祝家坝大院却是从清朝传承下来的一个大家族，祝家坝大院也是仙龙镇知名度最高的农家乐。兴产业、兴环境、旧村改造、环境整治、河道治理、农旅结合等惠民举措，让祝家坝大院村民在青山绿水中、在乡村振兴中获得了前所未有的幸福感。

仙龙庙又称老庙子，位于仙龙镇的仙龙山顶上，是仙龙镇的制高点。老庙子始建于明代，几经风雨，于2001年4月19日，正式启动重建工作。2005年，由永川区民宗局批复老庙子为合法佛教活动场所。重建后的老庙子，规模和气派相对以前大了很多。老庙子内有五个殿：大雄宝殿、千手观音殿、天王殿、地后殿以及帝释殿，总计塑有88尊菩萨。

走过长满青苔的石梯，看到老庙子寺正中的“大雄宝殿”最右侧，立有“重庆永川老庙子寺”的石碑。“古庙仙龙山，四山开阔，势振朝宇。古寺建于唐末年间，岁月悠悠，香火鼎盛……”石碑上刻着的红色字体详细介绍了老庙子寺的来源。

来到仙龙，有人便说起油菜花，说起太平桥村、粉店村、金宝山村万亩连片的油菜花。想到那层层叠叠、漫山遍野、一望无际的灿灿金黄，该有多么壮观。可惜油菜花是春天的花，在这肃杀的秋天可没有。仙龙除了油菜花基地，还有一万亩蚕桑项目。太平桥村引进世纪传奇生物技术，研究院投资两亿元，打造西南大学现代蚕桑项目，建设1000亩全机械化种植和收获管理新型桑园、3000平

仙龙飞渡暮归人

方米全自动化现代家蚕养殖工厂、1000平方米综合研究设施、1000平方米蚕基药业实验基地、100亩科普示范基地、1.5万平方米专家大院和国际蚕桑研讨中心。

得知在建中的渝昆高铁将在仙龙镇穿镇而过，这对仙龙人来说，别提有多开心了。值得一提的是，渝昆高铁在仙龙镇圣水河曹屋基大桥穿行而过，此段圣水河从上游至下游，依次为渝昆高铁曹屋基大桥及圣水河新桥堰坎，新桥就是旧石板桥，俯瞰新桥，石桥同在一个画面，又是另一道靓丽风景。如果遇到下雨涨水，四桥卧波，这样的景象，光想想就觉得很美。

山不在高，有仙则灵；水不在深，有龙则灵。仙龙镇有仙有龙，应是名山灵水。沿圣水河向五间出发，一路上，人仿佛都有一种飘飘欲仙的感觉。

上游龙与圣水农业园

沿着圣水河，从仙龙镇“四桥卧波”来到五间镇桃花岛。五间镇地处永川区南部，东与何埂镇相邻，南与仙龙镇相接，西北与吉安镇接壤，东北与卫星湖街道相连，距永川城区 20 千米，区域总面积 37.7 平方千米。五间镇地处黄瓜山与云雾山之间的缓丘宽谷向斜内，主要为丘陵，地势为西北部和东部高，中部和南部低。五间场于明初兴市，因开始只有五间铺面而称“五间铺”。

被后人尊敬、曾经率众击退英国侵略军的清朝知府黄开基就出生在这里。民间传说，黄开基祖上原系荣昌涂场人，祖父、父亲都是长工。祖父死后因无地安葬，其父只得向他的雇主讨地。员外随手指了块荒地给他们，却不料那是块风水宝地。看地阴阳先生悄悄地告诉他父亲，这块地不发你但发你后人，你埋了老人得马上搬家，一直往东走，走到有铜钱响的地方去落地生根。他父亲头天安葬了老人，第二天就举家东迁，跟着从荣昌下重庆的骡马帮进入永川地界。见天快黑了，一家人就在一个叫“五间铺”的路边店歇了下来。由于那夜店主盘存弄得铜钱哗哗响，黄开基又恰好呱呱坠地了，一家人从此就在五间落脚生根。又据说，五间场镇的一条主要街道，曾经是一座可以躲避日晒雨淋的“凉亭子”，是黄开基长大当官之后筹钱回来修建的。传说当然不是信史，但因其紧密依附于“五间铺”这个传说，便让一些人信以为真了！

五间镇境内最大的河流即是圣水河。圣水河从南至北流经了五间镇珍宝村、景圣村和新建村，在境内流长 5.6 千米，流域面积 5.4 平方千米，平均流量 0.7 立方米 / 秒。

上游水库桃花岛

登上桃花岛，虽然春天早已离去，桃花早已开过，我们仍能从秋高气爽中，从村民的笑容中，感受到春天的暖意，感受到桃花的红艳。

春天的桃花最美丽，陶渊明笔下的桃花源，金庸笔下的桃花岛，令读者无限神往。站在桃花岛顶上的一棵大黄葛树下，小分队与3万多株桃树一起，聆听合兴村村干部讲桃花岛的过去和现在。

合兴村是个四村合一的大村，原来的同心村因合村时岛上太穷，其他村都不愿意接收。由于兴修上游水库，同心村的村民做出了两次牺牲，生活在岛上近乎与外界隔绝，是出了名的“看得见水却得不到水”的市级贫困村。当时没有公路也没有桥梁，交通不便，岛子被上游水库即圣水湖包围，庄稼在涨水季节经常被淹没，导致群众生活极为困难。学生上学放学只有一条简陋的渡船，村民有时就靠挞谷子的拌桶出岛赶场。过年卖头肥猪才收入三四百元，请人用拌桶运猪出去的费用就得除去100多元。岛内光棍多，年轻小伙子都不容易娶到媳妇。

后来在镇党委政府和区农委、水利局扶贫干部的帮扶下，合兴村把原来的同心村作为扶贫攻坚的重点，使群众的生活开始一点一点地改变。要致富先修路，水利局扶贫干部领导村民修公路，陆路通了，水路也要通，于是水利局又帮助村民修了三座桥。有了畅通无阻的公路和桥梁，岛上的企业办起来了，桃树也种出来了。桃花岛于2012年开始由重庆桃博农业开发有限公司集中打造，全岛占地面积约1000余亩，总投资超过3000万元。打造后的桃花岛三面环水，风景优美，鸟语花香，集自然生态文化、田园湖光山色、赏花休闲、亲子采摘等旅游活动于一体。种植的桃树于2014年挂果，年产优质桃子200余吨，年产值达300万元。岛内建有游客接待中心1200平方米，农民新村1个，修建和硬化公路8千米，实施土地整治500亩，新建人行步道2万米和恐龙园1个。每年2至6月，前来赏花和采摘的游客络绎不绝，岛上从2014年至今已成功举办九届桃花文化节，年接待量约20万人次，不但促进了当地农民增收致富，还带动了周边地区的经济发展。桃花岛现有1000亩桃树，疫情前旅游上岛门票年收入超过100万元，农家乐户纯收入超过10万元，人均收入达1.6万余元。作为永川区圣水湖现代农业园区的重要组成部分、区水利局扶持和打造的美丽田园示范村，合兴村被光荣地评为巴蜀庭院示范村。

想着桃花，想着桃花岛，不知不觉就到了位于景圣村的上游水库大坝。

上游水库也即圣水湖，建成于1979年12月，是一座以灌溉为主，兼有防洪、供水等综合利用的多年调节中型水库。位于永川区五间镇新民村与千秋村之间，水库所在河流即为临江河一级支流圣水河。水库坝址控制流域面积54平方千米，总库容为2780万立方米，设计灌溉面积6万亩。校核洪水位331.75米，设计洪水位330.43米，正常蓄水位327.8米，死水位315.8米。工程属三等工程，主坝级别为3级，设计洪水标准为50年一遇，校核洪水标准为100年一遇。大坝为均质土坝，坝顶高程332.02米，最大坝高40.22米，坝顶长292米，是永川区目前最大的水库。

上游水库大坝的对面是景圣中学（原圣水寺所在地），这所学校是永川区教委直属的一所农村高级完全中学。原系于1942年由五间著名乡绅、同盟会员晏梓芹先生创办的“私立永川县景圣中学校”，迄今已有80多年的办学历史。圣水河右岸有两个洞流出清水，就是永川八景之一的圣水双清。

《永川县志》有记云：

县南五间乡西南八里，有圣水寺。此地溪水环抱，竹木苍翠，景色宜人。寺内原藏有明代洪武年间所颁佛经，后运藏于县城僧会寺，并有铜佛五尊。后佛经与铜佛均散失。寺后横卧一石，高迄屋梁，宽三丈余，长六丈。石上有两孔，如碗口大小，深不可测。水清澈，久旱不干，因名“圣水双清”。岩下有古洞，深十余步，壁上刻有佛像，或坐或立，刻工精湛，极为美观。

上游水库全景

从上游水库发掘的永川龙

站在高高大大的水库大坝上，大家的目光齐刷刷盯着左下方。那里，男耕女织，鸡鸣狗吠，是简朴的农家小院和纯粹的田园风光，更是举世闻名的永川恐龙发掘出土的地方。不错，就在上游水库大坝下面约100米处，就是大名鼎鼎的永川龙的发掘地。1977年是五间人难忘的一年，也是永川人难忘的一年，因为那一年在上游水库挖出的恐龙化石，被联合国教科文组织命名为上游永川龙。在永川博物馆，最引人瞩目的是永川本地挖掘出土的巨型永川龙、上游永川龙和宝峰恐龙三具恐龙化石。上游永川龙，是全球发现的第一具肉食性恐龙，也是全亚洲迄今所知的最完整的大型肉食性恐龙化石之一。上游永川龙还曾因其头骨的完整性震惊世界。据考，上游永川龙生活在约1.6亿年前的侏罗纪末期，在肉食恐龙中属于大型恐龙的一种，体长普遍可以达到11米，单单是颅骨化石就达到了82厘米，相当于一个成年人的腿长，体重更是达到了惊人的5吨，也因此被科学家认为是侏罗纪时代中国境内最强大的肉食恐龙。

龙是中国人的图腾，中国人好龙、敬龙，华夏儿女都自诩是龙的传人。久久凝视那里，忆起蜚声海内外的永川龙，一种自豪感在胸中油然升起。

永川是川渝恐龙之乡，先后发现恐龙化石20余处。永川龙的发现在全球古生物界引起轰动，被世界媒体争相报道。在重庆市规划和自然资源局举行的《山城龙迹，走进重庆恐龙世界》新书发布会上，揭露了另一个大部分重庆人都不知道的事实：侏罗纪的真正霸主，不是霸王龙，而是在重庆发现的上游永川龙！

谈着永川龙，想着永川龙，同行的赵厚庆先生当即表示，应该跟有关方面建议在这里竖立一个大大的标识，注明这是上游永川龙的出土之地。他按捺不住激动的心情，把珍藏在手机里的原创作品《龙赋》翻出来供大家分享：

赫赫龙虎，生风带云；镇山之王，主水之君。

辖峰峦，虎耍凶威；落平川，反遭犬凌。窜深渊，龙搅狂澜；跃云端，大泣鬼神。

然则万目争睹，众口传闻。或虚或实，幻影幻声。龙迹杳无，顽虎犹存。屈原《天问》生疑窦，龙遁之因难究寻。何时九州匿形，怎会六合隐身？

金瓯广，疆域阔，处处升瑞霭，时时起祥云。渝西永川，龙藏四境，或抱石而卧，或枕沙而沉。宝峰龙久眠不醒，永川龙闻声惊魂；圣水河风狂雨骤，上游龙应时现身。首例大型标本，远与自贡相应。揭古龙之新篇，惊世界之学人。

自然人文，形影难分。天南连地北，远古贯当今。皇皇中华民族，漫漫龙缘深情。

君不见，巍巍喜玛拉雅，绵绵万里长城，分明龙之脊梁，中华铁骨钢筋；黄河滔滔远逝，长江滚滚东奔，皆为龙之血脉，畅流华夏全身；百鸟朝凤，葵花向阳，拳拳中国心，悠悠龙之魂。祁祁龙裔，一脉相承；芸芸华胄，龙之传人。

拓蛮荒，启文明。写龙绘龙雕龙塑龙，铸龙扎龙唱龙舞龙……话龙之声不绝，祭龙之举日盛。

城镇乡村，山川物品。般般冠之以“龙”，耿耿尚龙以诚。笔走龙蛇，喜见龙飞凤舞；江赛龙舟，顿感箭发矢进；画栋雕梁缠彩龙，石龛石柱拜图腾。展千年龙文化，长民族精气神。更喜千帆竞发，大兴龙头企业；但见万民雀跃，争念发展真经。

最是龙灯如流，舞出道道风景。或前卷后翻，或东摇西滚，或逶迤而进，或盘旋而升。草龙游于田畴，竹龙舞出山林；木龙骨质坚硬，纸龙柔和轻盈；布龙上下翻腾，纱龙通体透明；铁皮龙叮当作响，板凳龙载欣载奔。永川龙，铜梁龙，美若彩虹飞天，矫若群雁布阵；自贡龙，佛山龙，险若电掣万仞，疾若坠地流星。从院坝来，到广场去。舞红京城不夜天，舞出国门世界惊。

赏龙姿，品龙韵；延龙脉，续龙根。勇擎戏龙珠，争当舞龙人。舞出和谐，舞出干劲。五十六个民族，舞得亲亲一家人；海峡两岸民众，舞得牢牢一条心。喜看国人豪情爽，神州大地日日新。

壮哉！东方巨龙，举世瞩目；快哉！国道昌盛，华夏飞腾。

从对永川龙和《龙赋》的感慨中回过神来，越野车已经载着我们到了喻家坡。过了董家堰塘，我们从朝阳门进入太平寨。1851 年，因当时社会动乱，反殖抗英英雄、知府黄开基因病辞官还乡后，在他的出生地永川县五间乡，与黄保元、喻可人、凌陶庵等人合资修建了太平寨。太平寨地势较高，三面平缓，一面陡坡，居高临下，易守难攻。太平寨参照当时作战工事修建，青石砌成的寨墙，高达三四丈，四周还有三丈来宽的护城河，并有四座吊桥，紧紧卡住东西南北四大寨门。

在西寨门门口，碰到了一位黄开基后人，自云为黄开基的长房第七代。大家相互寒暄了一小会儿。

在喻家坡，除了大名鼎鼎的民族英雄黄开基和他的传奇故事，还有老虎连血战喻家坡太平寨的英雄事迹。

新中国成立初期，太平寨内住有 300 多户人家。1950 年 4 月末，解放军第三十五师一〇三团一营三连为追歼残匪陈鹤鸣部来到了永川县五间铺（今永川区五间镇）。刚追到场口，就获知陈鹤鸣已经率领匪众逃入喻家坡的太平寨。

在连长武志江的率领下，三连马不停蹄赶到喻家坡太平寨。解放军本着党的一贯政策，对盘踞在寨内的土匪先发动政治攻势，通过喊话，晓以利弊，劝其缴械投降，并许以自新之路。但匪首陈鹤鸣冥顽不化，拒不接受，并狂叫要"固守待变"。劝降无效，解放军不得不采取军事行动。太平寨墙坚水深，加之残匪有四百之众，枪械齐备，居高临下，解放军进攻困难极大。在武连长的率领下，干部战士们顶着土匪的石灰阵和枪林弹雨，越过护寨河，顽强搭梯攀寨，苦战数日，三次进攻，最终攻破了号称固若金汤的寨墙，肃清了负隅顽抗的土匪。

老虎连血战喻家坡太平寨，有 17 位干部战士献出了年轻的生命。这些干部战士来自五湖四海，他们南征北战，功勋卓著，都是新中国成立的功臣，为了剿匪，却不幸长眠在陌生的渝西永川。为了颂扬和铭记三连的丰功伟绩，1950 年 6 月，永川人民制作了一面锦旗，上书"老虎连"三字，赠送给了这支英雄的部队。

重庆市诗词学会、楹联学会原副会长，重庆市作家协会会员冯泽尧先生根据这一史实创作的长篇小说《老虎连血洒喻家坡》于 2015 年 9 月由中国文联出版社出版后，在社会上引起热烈反响。"老虎连"所在的中国人民解放军某部，曾经邀请冯泽尧先生到部队赠书并作报告。

离开喻家坡，向新建村出发。新建村盛产西瓜，西瓜因此成了五间的特产。

永川农业产业园食用菌生产基地

永川农业产业园鸟瞰图

五间富硒西瓜

新建村的西瓜瓜霜浓厚，果肉淡红，色泽好，富含硒元素，口感纯正，细腻爽口。

今年夏天到五间参加西瓜旅游节，曾经到过新建村的西瓜基地。在西瓜基地，映入眼帘的是一幅现代化的新农业园区气象，整齐的银色钢架大棚，纵横的排灌水渠。淡绿色的、深绿色的、墨绿色的，挂着的、躺着的，成百上千、成千上万的富硒西瓜躺在大棚里，调皮地探出头向人们微笑。

据合作社的社员介绍，瓜菜基地一年四季都不会闲着。他们用一半时间种植西瓜，另一半时间种植反季蔬菜。除了西瓜基地，还有生姜基地、蓝莓基地和蘑菇基地，年收入一二十万的家庭，在五间这个绿色生态的休闲宜居风情小镇上，已经不算稀奇。穿行在五颜六色的瓜蔬基地，金灿灿飞碟般的南瓜，红嘟嘟珍珠般的西红柿，细细长长的豇豆，大大小小的辣椒，乒乓球、羽毛球、橄榄球般的奇瓜异果，既饱眼福又饱口福，不断让人惊喜连连。当然，最吸引人的还是那些圆圆的地球仪般的绿色西瓜。西瓜是夏天不可或缺的一种色彩，西瓜是天然的白虎汤。摘一个罩着红网的西瓜，用刀子轻轻一划，薄薄的瓜皮就自动裂开。鲜红的瓜肉，淡淡的清香，轻轻咬一口，汁如泉，味如蜜，爽极了，富硒西瓜果然是西瓜中的上品。

在新建村村委会，听村干部讲新建种西瓜的光荣历史。2002 年，五间镇引进西瓜种植技术和团队，试种大棚西瓜。2006 年 2 月，五间镇西瓜产业协会挂牌成立。2007 年，成立西瓜产业协会党支部，摸索出将党支部建在产业协会上的党建特色模式。“国家西瓜种植综合标准化示范区”“全国名特优新农产品目录”“五间西瓜”地理标志等荣誉和喜讯接踵而至，目前西瓜核心种植面积 1000 余亩，每年约产 8000 吨西瓜。西瓜产业的兴起引发了外出务工人员的返乡创业潮，辐射带动了食用菌、特色种苗、柑橘、生态鱼养殖等特色农业，全镇形成了以新建村为核心的“观光有看点、致富有增点、发展有亮点”的多个产业特色村。

五间镇属于典型的农业镇，是圣水湖现代农业园区的核心区之一，近年来圣水湖现代农业园区特色产业明显，西瓜、桃子、蓝莓、李子、食用菌、有机蔬菜等特色果蔬丰富，产业不断做大做强。五间西瓜产于圣水湖灌区，由于种植基地在海拔 350 米左右，无霜期长，全年气候温和，其含糖量可达 12%，而一般西瓜含糖量普遍为 8%。此外，五间西瓜还富含硒元素，硒含量最高可达 50~80 微克。硒元素具有清除人体氧自由基，预防疾病，抗癌、抗衰老等功效。

每到夏末秋初，圣水河畔水清岸绿，岸边饱满的稻穗、金黄的米粒汇同蜿蜒曲折、碧波荡漾的圣水河湖，编织成一幅丰盈富饶的乡村胜景。

圣水河给人民带来的，不仅仅是充足的水源，还带来了沿河流域的灿烂文化。

桃花盛开的圣水湖

久久为功，管好临江河最后一千米

何埂镇位于永川区南部，东与江津区的朱杨镇相邻，南与松溉镇相接，西南与朱沱镇接壤，西与仙龙、五间两镇为邻，北与卫星湖街道和临江镇相连，距永川区人民政府驻地 29 千米，区域总面积 80.4 平方千米。地处低山浅丘，以浅丘为主；地势西高东低，呈东北至西南走向；地形分为山地、丘陵、台地；境内最高峰为石笋山，海拔 700 余米。

埂者，山埂土埂，是地势高起的长条地。何埂镇的由来，据说系因清初移民

何埂新农村一景

入川，有何姓人家在埂上建场，取名何家埂，此后乡镇亦以此为名。何埂镇境内河道属长江支流流域，主要有临江河、圣水河、水碾河三条河流。临江河流经境内石笋山、仓宝、转角店等村，在镇境内流长 10 千米左右，流域面积 20 平方千米，年均流量 10 立方米 / 秒。

何埂镇境内有石笋山自然生态旅游区，但我们现在到达的是何埂镇沙坪村。

走在沙坪村平坦的水泥路上，看到农家小院，就想起夏天小院晒满稻谷，农户们沉浸在丰收的喜悦中的情景。但是，沙坪村不光是出产“宜香优 2115”和“晶西优 534”稻米的绿色村，还是个拥有红色资源的村。

刘安恭是土地革命时期从重庆走出的 10 名红军将领之一，而何埂镇沙坪村，便是杰出的红军将领刘安恭的故乡。

据 1996 年由四川人民出版社出版的《永川县志》记载：

刘安恭，字季良，1899 年出生于原永川县何埂乡张家屋基。少年时期刘安恭在何埂由祖母延师教读，后随父去成都上学，1917 年前往德国留学，进入柏林大学攻读电机工程专业并在此期间接受共产主义思想，后来加入中国共产党。回国后，刘安恭曾与朱德一起在四川军阀杨森的部队从事秘密工作，后参加南昌起义，起义失败后被派往苏联莫斯科中山大学学习军事。1929 年初，刘安恭学成回国，以中央特派员的身份被派到红四军工作。曾任红四军军委书记兼政治部主任，之后改任红四军第二纵队队长。1929 年 9 月率部攻下上杭，歼灭守敌福建省防军暂编第三旅 2000 人，同年 10 月 31 日在粤边界与强敌相遇身负重伤，后不久牺牲。

刘安恭是喝圣水河河水长大的永川何埂人，圣水河畔的何埂沙坪村，是理所当然的爱国主义教育基地。

拜谒了沙坪村的红军英烈，我们来到何埂长丰村，敲开了吴家坝居民吴恒亮的院门。进门我们就吃了一惊，这哪是一个农家庭院，分明就是一处高雅的乡间别墅。别致的小楼，怒放的花草，亭台秋千，门前是一大片挂满再生稻稻穗的良田，下方是奔流不息的圣水河，上方是安静的前锋小学。好一个圣水湖边的幸福人家！

吴恒亮说，吴家坝这一带以前很穷，当地有顺口溜是这样说的：“有女不嫁吴家坝，落雨三天烧床架。”吴家坝没山没坡，只有水田，秋冬天阴雨绵绵，田是烂包田，路是烂泥路，庄稼和房屋经常被水淹。但是进入新时期以来，水利局牵头整治河道，扶贫干部带领村民修建了三座桥，彻底改变了吴家坝的面貌。大桥（五间交界）、踏水桥、落板桥，三座桥都是长丰村的必经之路。三座桥修好了，河道改造好了，公路也修好了，通村通社通户，村民种水稻种水果，生活越过越好。吴恒亮和妻子每天早上沿着河边人行便道散步，沐浴着鸟语花香转完三座桥，再回家吃早饭，日子过得真是要多舒心有多舒心。吴家坝距离何埂场镇一千米左右，许多镇上的人也来河边散步锻炼。

沿河一路走来，我们无限欣喜地发现，清污疏堵还河清岸绿，都才只是临江河及其支流河道治理的第一步，接下来，沿途都在因地制宜地打造景点和筑路修桥，不断为群众创造好处，让大家都生活在实实在在的幸福环境中。吴恒亮只是千千万万受益者中的一个代表罢了。

在何埂镇的石笋山村，村党委书记邓昌碧告诉我们，他们村利用自筹经费，在本村 8.5 千米长的河段上，修建了一条 4.5 米宽的水泥便道，虽然不能载重，

农业园区硕果累累

但普通的人行车行都可以——“生活确实比以前方便多了！”

石笋山村是一个拥有23个村民小组和4000多人口的大村，身兼村党委书记、村委会主任及本村河长的邓昌碧白天办公晚上巡河，对污染河道和乱捕乱钓等行为敢抓敢管，得到绝大多数群众的拥戴和上级好评，单是在网上就拥有众多“粉丝”，获得了“重庆市最美护河员”等诸多荣誉称号，还代表全市1.75万名河长接受了记者采访。

石笋山村辖区内的石笋山属云雾山系，距永川城区36千米。山中有男石笋山和女石笋山，两座山峰（一座在永川区境内，一座在江津境内）海拔各约700多米，为国家4A级旅游景区。山中气候宜人，林木茂盛，风景秀丽，男女石笋峰、鳄鱼石、大圣像、孔雀湖等自然景观和三教寺、弥陀寺、天堂寺等人文景观连缀成灵秀、优雅、雄奇、险峻特色兼具的旅游景区。

石笋山是重庆市级森林公园，有3000亩全国绿色有机茶生产加工基地和1000亩优质猕猴桃，游客不仅可以观赏风景秀丽的石笋峰、碧绿的孔雀湖，还可在3000亩全国绿色有机茶生产加工基地和1000亩优质猕猴桃中体验采茶品茶，采摘新鲜猕猴桃的乐趣。

因为附会着神奇的爱情故事，石笋山还被称作浪漫的西部情山。伫立情山大酒店顶楼，远远望去，石笋山山峦叠翠，雄奇险峻，连绵起伏，云雾缭绕。两座人形的高峰，傲立云端，醒目而神妙。

在这里担任石笋山村的党政一把手，邓昌碧坦言不仅他们村集体每年收入一百多万元，就是各个村民小组每年也有一笔不算太少的集体收入。现在她的工作抓起来顺风顺水，已经腾出精力在思考石笋山村的未来：村办企业的长足发展，旅游资源的深度开发，群众的生产生活和幸福指数……自己过两年就要退休了，但她却还在思考石笋山村未来的十年、二十年，“得给接班的同志奠定一个坚实的基础。”她说。

从石笋山顶俯瞰河埂镇，何埂显得更加平坦。作为农业镇，何埂有名优水果种植面积1万亩，年产值达5000万元，并形成了联盟村早晚熟柑橘+优质李子、石笋山村红心猕猴桃+晚熟柑橘、狮子村葡萄、丰乐村樱桃、玉宝村晚熟柑橘、花园村+李家湾村优质龙眼等6个千亩示范片。通过与中邮集团战略合作，探索“何埂老家”农特产品营销新模式，引导种植业主顺应市场，推动名优水果线上线下同步销售。除了水稻和水果，何埂镇还生产食用菌，现已建成西南地区最大的秀珍菇食用菌生产基地，有“重庆的食用菌看永川，永川的食用菌看何埂”的说法。2021年，全镇主导产业食用菌种植面积1684亩，重点分布在狮子、丰乐、长丰、石笋山等村社，年产量达25450吨，年综合产值约为5.95亿元。

石笋山村到仓宝村，要经过苏源。苏源不是苏园，当然，也不是苏州园林源头的简称。苏源是一座新建的农家四合院，两楼一底，既传统又现代，具有浓郁的巴渝特色。精巧气派又美化了仓宝村的苏园，不是有钱人的豪华别墅，而是镇上、村里培训各类人才的免费基地。

苏源的主人是何埂镇新乡贤苏祖才，苏源竣工后，苏祖才专门为苏源添购了一批书桌和椅凳，以方便镇上或村里办培训和搞各种活动。苏祖才还花钱安排老师来苏源上课，村里或镇里想听课的村民都可以来免费听。苏祖才的苏源，真可以称得上是仓宝村村民的连心桥。

2010年，年收入超过千万的苏祖才独自回到家乡何埂镇仓宝村，开始了他的故土创业之路。免费开茶馆，修公路，修建苏源，引进豆瓣厂，配合乡村治理，建设美丽乡村。就在前不久，他成为2021年度“感动重庆十大人物评选”20名入围候选人之一。

那天午后，何埂镇田镇长特意带我们参观了涵盖何埂、仙龙、五间产业园的食用菌生产基地之一重庆市菌易农业开发有限公司，还带大家观看了一段花大力气整治后的秀美河道——水碾河。田镇长向大家表示，既然母亲河的上游人都有他们的“上游担当”，那么我们这些处在下游的人，也要做到“久久为功”，把牢母亲河出境前的最后一千米，让一河碧水流进江津区，最后清清亮亮地汇入长江去。

一河碧水入大江

临江河在永川区境内的流长已近 88 千米。这时河上出现了一座桥，叫作江永桥——如果倒过来念就成了永江桥，意即桥这头还是永川区，跨到桥那头就是

临江河入江口

江津区了。

临江河流入江津区后，先前曾被原江津县茨坝乡的人们叫作“猴溪河”，大约再流两千米后，又被原江津县朱杨镇的人们称为“溶溪河”，这段河道前流又约 10 千米。原来的茨坝乡早已合并入朱杨镇了，原来的茨坝乡场仅仅是现在朱杨镇板桥社区下面的一个居民小组，“猴溪河”“溶溪河”也已经统称为临江河了。临江河在江津区朱杨镇的河段全长约 12 千米。100 千米流长的临江河，在永川区宝峰镇华家寺高程 396 米，在何埂镇与江津区朱杨镇衔接的江永桥高程 230 米，在江津区朱杨镇振兴社区的周杨济渡汇入长江时就只有 194 米了。由于沿河滩多水急水力资源好，人们便在河上建起了板桥、鱼箭滩、苦竹沟和赵滩等几座水力发电站——这条母亲河在汇入大江之前，再次哺育她两岸的儿女们……

尽管流程远，海拔落差大，但在两岸干部群众的精心呵护下，她果真还是清清亮亮的一河碧水！

朱杨镇位于江津区西部，长江北岸，在老成渝铁路与长江交汇处，与永川长江大桥、重庆三环高速公路相邻。距江津城区 57 千米，距永川城区 51 千米。东与石门镇接壤，南隔长江与石蟆镇相望，西、北与永川区港桥工业园、松溉古镇、何埂镇毗邻，有着独特的区位优势。

朱杨人多系元末明初和明末清初，由湖广辗转迁来。清初，周杨二姓有人来此，分别在朱溶溪（即溶溪河，现名临江河）两岸安居乐业，因名周杨溉。后来，两姓人共同出资，设置义渡，徐家嘴石壁上的“周杨济渡”四个大字至今犹存。继后由群众集资，建立渡船会。由于渡口两边店铺日增，大家又商议建立场镇。因沿溪绿柳成荫，溪水朱红，交相辉映，遂改朱溶溪为朱杨溪，场因溪而名。

朱杨镇地形主要为丘陵，地势西北高、东南低，海拔 300~700 米；境内最高峰亦为归属江津的“女石笋山”，海拔 715 米；最低点位于罗布场，海拔 294 米。朱杨镇境内有丰富的旅游资源，有风景秀丽的省级森林公园、国家级 4A 景区石笋山，有占地 5000 亩的乡村旅游示范点石笋山生态农业观光园，省级重点保护文物利济桥。

石笋山处于永川何埂和江津朱杨、石门交界之处，石笋山之所以建设得越来越好，游客越来越多，永川、江津两区的广大党员干部和群众都有功劳，但若论首功，却似乎应当归于石笋山下喝临江河水长大的江津民营企业家蔡家泽。

蔡家泽 1966 年出生在江津区朱杨镇板桥社区，两岁那年，生病的父亲丧失了劳动力，兄妹三人全靠母亲一个人养活，家境十分贫困。蔡家泽是老大，要为

临江河水生态修复

母亲分担家务，经常到石笋山上找柴割草，让蔡家泽对石笋山从熟悉到有了深厚的感情。

多年以后，出门创业致富后衣锦还乡的蔡家泽，来到儿时熟悉的石笋山。知道有人正在搞开发，便花上千万元收购了石笋山开发项目，请来专业团队，将其提档升级。蔡家泽想把石笋山打造好，让重庆甚至全国的人，都知道西部地区有一座石笋山。

蔡家泽先投资 3000 万元硬化、拓宽石笋山出山和上山的 35 千米道路，之后又耗资 500 万元硬化了另外 10 千米道路，让几条大路直通石笋山。道路畅通了，景区建设好了，常年层峦叠翠、云雾弥漫的石笋山，渐渐有了现代元素。为解决石笋山居民的饮水难问题，蔡家泽又投入 1000 余万元在整个石笋山地区新建 22 个山坪塘，大大改善了当地村民的生活生产等用水条件。

除了景区建设，蔡家泽还在石笋山做起了现代农业产业链，养梅花鹿、养猪，种植各种有机水果，加工各种农产品。蔡家泽陆续为石笋山的建设投入了上亿元资金，带领朱杨镇板桥社区 300 余农户及石笋山周边江津、永川 1 万余名父老乡亲致富奔小康，让当地村民不出家乡，就可以过上打工挣钱的幸福日子。

除了蔡家泽，这儿还有一个模范人物叫作蒋正全。临江河流过朱杨镇板桥社区的一片竹林，那栋离临江河不到 100 米时隐时现的红色砖房，就是蒋正全的家。蒋正全是朱杨镇板桥社区第 5 村民小组的一位普通村民，但他用自己的生命诠释了新时代的平凡英雄。

生于1978年3月的蒋正全，初中毕业后就到外面打工谋生。因为家里穷，蒋正全35岁那年才结婚，婚后妻子生了一个健康可爱的儿子。妻子离开后，儿子跟着爷爷奶奶在板桥社区第5村民小组生活。为了给家人创造较好的生活条件，蒋正全一年四季都在外面打工挣钱，穿梭于钢筋水泥中，担负起家庭的责任，努力做一个孝子贤父。

2022年8月，在陕西西安打工的蒋正全，见到一辆满载的轿车掉进河里，便和工友奋不顾身地跳入河中救人。5名被困人员被先后被救出，工友们也平安无事了，44岁的蒋正全却因过度透支体力沉入水中不幸遇难了。

蒋正全本来答应了年幼的儿子，国庆回到家乡朱杨，陪他到重庆去玩上两天。蒋正全也答应了年迈的父母，再干两三年，挣一笔钱就回家守亲尽孝。但是，为了5个素不相识的人，蒋正全现在只能与家中至爱的亲人阴阳两隔。

如果说，蒋正全是临江河哺育出来的平民英雄，那么哺育英雄的临江河，也会因此而增加光泽。

到蒋正全家之前，我们一行曾到过利济桥。位于朱杨镇板桥社区茨坝居民小组的利济桥，于清乾隆末年由乡人募谷筹资修建，于清道光六年（1826）竣工落成。桥长84米，宽8.8米，高13.2米，闻名于江津、永川二区，是重庆市级重点文物之一。历经200余年风雨依然坚固，被列为重庆市首批文物保护单位。

利济桥，又名“万古桥”，当地人习惯称其为“板桥”。利济桥横跨曾被叫作溶溪河的临江河上，完全用石头建成，除了石头，桥上桥下找不到一块其他材料。桥墩用巨石砌成，桥拱用长条石卷合，桥面用平石板铺就，桥栏用石头镶嵌。桥形雄伟壮观，桥面雕栏玉砌，桥头竖有杨氏节孝石牌坊，两侧石栏凿有图案花纹，民间传说的“神仙石”镶嵌在桥面中部。

利济桥中还镶嵌着一块奇形的十角石。据说那是人们募资建桥之举感动了上苍，神仙便赐了这块十角石，当地人尊称十角石为“神仙石”，亦名“鲁班石”。

利济桥两边桥头，有两尊雕刻精美的大石狮驻守。桥头一侧，原有一座文昌庙，逢年过节时，几十里外的人都要赶来烧香拜佛。

我们经振兴社区，过朱杨街，随临江河来到周杨济渡。一眼望去临江河如同脱了缰的野马，奔逸绝尘，以闪电之速，汇入了波涛滚滚的万里长江。

从永川宝峰出发，一路风景，一路欢歌，临江河以自己的方式流向小康与远方。

临江河在永川、江津两区交界处的江永桥

一条条道路四通八达，一项项产业生机盎然，一座座新居亮丽多彩，一张张笑脸灿烂如花……在临江河沿岸，处处能看到人民安居乐业、团结奋进的美好景象。

在宝峰华家寺，我们以兴奋的眼泪迎接临江河。在朱杨镇周杨济渡，我们又欣慰地目送临江河以清丽的身姿投入长江的怀抱，清清河水与滔滔江流相拥的欢欣场面令人感动、令人震撼！江河联袂，宏阔、壮观，滚滚向前。我们以永川人自己的母亲河融入大江而倍感自豪！云水相接，天籁悦耳，面对远去的滚滚江流，我们甘甜如饴！同行者一个个心潮澎湃，不约而同在心中唱起了一首《临江河之歌》……

治理

第三只眼看临江河治理

临江河源头宝峰段

永川：治理一条河、改变一座城

水是一座城市的生命之源、灵性所在。

永川因水得名，“三河汇碧”居永川古八景之首。

“三河汇碧”之一的临江河更是永川人的母亲河。这条全长88千米的河流，从永川城区穿城而过，流经永川13个镇街，是流域内75万人口的饮用水水源，也是25812公顷土地的灌溉用水水源。它见证了永川的沧桑变迁。

“20世纪70年代淘米洗菜，80年代洗衣灌溉，90年代鱼虾绝迹，如今已是黑臭难闻。”永川区临江河流域综合治理工程指挥部综合办主任蔡兴隆介绍，近年来，由于管网缺损、污水直排等原因，临江河流域城区河道污染日益突出，“三河汇碧”的美景早已远去，取而代之的是一条条“臭水沟”。

为消除城市建成区内黑臭水体，再现临江河“河畅水清、岸绿景美、三河汇碧”的美景，2017年3月，永川区启动了临江河流域综合治理工程，打响了城市黑臭水体整治“攻坚战”。

如今，临江河河水已逐渐由黑变清，曾经的城市“污点”正被打造成城市亮点。

三大“病因”
需10项措施对症下药

家住兴龙湖宇界维诗卡小区的张宇，曾经头疼不已：窗外的临江河支流红旗河，河水又黑又臭。打开窗，臭味就扑面而来。

在永川城区，受困于河流黑臭的并不仅仅只有张宇，还有众多的临河居民，这也导致了永川城区的一个怪现象：临河的“江景房”竟然比其他地段的房子更便宜。

“永川城区有萱花河、胜利河、玉屏河、跳蹬河、红旗河 5 条支流汇入临江河。这 5 条支流在治理之前，无一例外都是黑臭水体。”蔡兴隆告诉《重庆日报》记者，“母亲河”变为黑臭水体，有三大原因——

其一，在城区汇入临江河的 5 条支流均是发源于永川本地的季节性小河流，来水少，缺乏补水水源，河道自身净化能力低。

其二，长期以来，市政设施建设和管理各自为政，未按统一规划实施，导致城乡结合部、部分街道排水截污设施欠缺，对老旧破损管网没有经常性地疏浚、维修。

其三，临江河永川段流域内有 28 家涉水工业企业、上百家养殖场和食品小作坊、上千家餐饮企业。养殖废水、小作坊废水、餐饮废水及小区生活污水大量直排，致使河道污染严重。

针对临江河黑臭水体产生的三大“病因”，永川开出了整治工业企业污染、整治养殖及屠宰行业污染、整治农贸市场污染、污水处理厂建设运维、城区截污及完善雨污管网、整治餐饮行业污染、整治小作坊废水污染、河道补水、河道清淤与清漂、生态修复共 10 个整治药方。

为避免“九龙治水”的尴尬，永川成立了临江河流域综合治理工程指挥部，区委书记、区长分别担任指挥部指挥长和常务副指挥长。10 项整治措施，每一项都由一名区领导担任负责人。

外源截污

392 个污染源集中治理

冬至已过，永川城区红旗河海棠里段水流缓缓，早起的人们正在河畔晨练。

“以前，走到这里都要捂紧口鼻，臭得很。”临江河流域综合治理工程指挥部红旗河标段负责人李培彬记得，红旗河海棠里段一度又黑又臭，河道两侧的堡坎上到处都有白色的污水溢出，“检查发现，之前深埋在堡坎里的污水管网出现了破损，导致污水外溢，污染了河水。”

然而，这段河道的堡坎高达七八米，无法进行开挖作业对破损管网进行排查和修复。

“为此，我们请第三方专业公司，利用内窥镜机器人对管网进行检查，全面掌握管道破损的状况。”李培彬告诉《重庆日报》记者，检查发现，红旗河海棠里段的122米管道整段破损，亟待修复。

不能开挖，如何修复？

“我们给破损管道穿上了内衬。”李培彬介绍，在由专人进入管径1米的管道进行残渣清理后，再使用“U”形内衬HDPE管修复旧管道技术对破损管网进行修复。在临江河综合治理中，共有4段、225米的破损管网采用了“U”形内衬HDPE管修复旧管道技术。

“管道修复，只是我们实施外源截污，对临江河392个污染源集中整治的一个方面。”蔡兴隆介绍，截至目前，永川已经整治工业企业28家，实施污水处理厂运维整治23家，完成流域内134家畜禽和141家水产养殖整治，关闭整治屠宰场2家，整治小作坊废水污染184家等，基本实现了对城区所有污水排口的污水截流，有效降低了污水直排对河水的污染。

内源整治
25.58千米城区河道全面清淤

在外源截污的同时，永川也在着手实施河流内源污染的治理，其中之一就是河道清淤。

“由于城区河段水流较缓，大量底泥淤积，淤泥也是导致河水黑臭的重要因素之一。”12月中旬，在永川区临江河观音桥河段，一台挖掘机正在将河底的淤泥挖起，装载在渣车上。该河段治理负责人潘光福告诉《重庆日报》记者，临江河观音桥河段长500多米，清淤量却近7000立方米。

“该河段是临江河清淤的重点和难点。”潘光福介绍，河道下游7千米处是一座发电站。在每年电站蓄水的5月至次年10月，河道水深近4米，导致大量底泥淤积。淤泥最厚的地方超过1米。

目前，永川已经对25.58千米的城区河道全面实施清淤。萱花河、胜利河、玉屏河、跳蹬河、红旗河5条支流已基本消除黑臭。

生态重构

再现“三河汇碧”秀美景致

在外源截污、内源治理初见成效的基础上，如何才能保障临江河流域水质的长效健康？

永川的办法是：建立水生植被湿地涵养区，打造安全活力的亲水城市。

针对临江河流域存在支流来水少、净化能力差的问题，永川计划筹建一系列提水补水工程：今年，金鼎寺水库年内竣工蓄水，南瓜山水库主体工程将完工，启动建设小安溪河—临江河连通工程……

2017 年底前，永川将向城区河流补水 700 万立方米，满足城区河道枯水期的补水需求；2018 年向城区河道补水 2500 万立方米，满足城区河道常态化补水需求。

2017 年 6 月，永川全面推行河长制，为 12 条区级河流，214 条镇（街）、村级支流，136 座水库设立河长，用河长制确保“河长治”。

下一步，永川将通过实施河道坝体改造、生态通廊构建、生态河床塑造、水生植物构建及生态湿地建设等工程，提升水体自然净化能力。

蔡兴隆表示，永川区将通过 PPP 方式，招商引资建设萱花河上游湿地公园、探花湿地公园等工程，完善居民生活休闲场所，将滨河景观融入到水体生态修复工程中。

2019 年，投资 11.47 亿元的临江河综合整治工程完工后，永川将再现“三河汇碧”的秀美景致。

（据华龙网——《重庆日报》记者专稿，2017 年 12 月 27 日）

临江河的美丽蝶变：河畅水清入画来

“我建议，接下来还要继续加强水生态的建构，可以养殖驯化食藻虫提升水体透明度，养殖鱼、虾、贝类等水生动物，恢复水体物种的多样性……”10月20日，“同心聚力巴渝行”集中采访团来到永川区兴龙湖时，永川区政协副主席、民建永川区委主委罗朝友正在和负责兴龙湖生态修复的企业负责人商量下一步的水生态建构方案。

永川是长江入渝的第一站，临江河是长江的一级支流，兴龙湖的湖水连通临江河，再流入长江。临江河全长88千米，流经13个镇街，承载75万人饮用水和2.5万公顷土地农用水，被永川人称为母亲河。它像一条大动脉，贯穿于整个永川。但随着当地工业化、城镇化的快速推进，因管网缺损、污水直排等问题，曾经清澈见底的临江河一度成为脏水河、臭水沟。

如何为临江河“刮骨疗伤”？2017年，永川区委、区政府把临江河流域综合治理列为全区“一号民生工程”，以“不让一滴污水进入河道”的决心，全面打响临江河流域综合治理攻坚战。

永川区政协全力配合区委、区政府打赢这场攻坚战，充分发挥政协独特作用，持续深入推进“委员履职尽责实践活动”，聚焦水环境治理，联动开展“一河段一委员”专项民主监督和区政协常委“聚焦污水偷排直排乱排问题”监督性视察，守护一江碧水。

按照区政协建立的“区政协领导联系专委会、专委会联系界别、界别联系委员”的组织网络，300多名委员迅速行动，主动认领了临江河流域的36条河段，每一条河段都有政协委员、每一位政协委员都有自己的责任河段。罗朝友负责的河段正是兴龙湖。

开展巡河是委员们的护河日常。实地巡查、发现问题，追根溯源、分析问题，提出建议、解决问题……这是罗朝友的巡河工作。在巡查兴龙湖的过程中，罗朝友发现，自 20 世纪 80 年代以来，随着沿岸产业发展、人口不断集聚，污染因素逐步累积，使得兴龙湖水质逐步由清变浊，成为黑臭水体，老百姓怨声载道。

排查污染源、新建城乡污水管网、改造和修复城区现有污水管网、河流清淤、种植水草……为了让兴龙湖重回水清岸绿，一系列治理措施在这里展开。同时，永川区还开展了养殖业、工业企业、餐饮企业、农贸市场等专项整治，进一步巩固河流综合治理的成果。

在治理过程中，罗朝友通过日常巡查、界别活动、年终视察、联动监督等监督方式密切关注河流治理进展。“我家就住在兴龙湖边上，每天站在阳台上，都可以看到是不是有人往河流乱排乱扔。”罗朝友说。

河畅水清入画来！如今，站在兴龙湖边，湖光山色映入眼帘，湖水清澈见底，水草轻轻摇曳。

诸如兴龙湖一样的淤堵“毛细血管”有效疏通后，永川全区各流域水质明显改善，临江河水质从 2017 年的劣 V 类提升到 2020 年的 III 类。2020 年，临江河获得重庆市“最美河流”称号。通过治理促进水质改善，2018 年以来，永川区从周边区县共获取生态补偿金 2617.5 万元。

聚焦污水管网、污水处理厂（站）、生态修复三大工程及全域水环境监测体系建设、城镇排水专项整治、长江沿线码头整治工作等开展年终视察，通过专报、提案、社情民意信息等方式及时反映视察成果……一河段一委员，在永川，每一个河段都有一个政协委员的故事。

“用政协委员的履职能见度提升河流的水体清澈度，接下来，我们将继续把‘一河段一委员’专项民主监督活动做深、做实、做出效果，持续巩固提升治理成效，常保一江碧水向东流，让老百姓更有幸福感、获得感。”永川区政协主席刘祥全说。

（据新华网 2021 年 10 月 21 日）

永川临江河为全国幸福河湖建设探路

在永川，有一条河，孕育、滋养着城市根脉，绵延不绝。

它就是临江河，全长 100 千米，是长江一级支流，其中永川段 88 千米，流域面积 655 平方千米，承载着流域内 75 万名永川人饮用水以及 25812 公顷土地农用水保障功能。

临江河曾经清波浩渺，有着“三河汇碧载千秋，海棠香国自芳流”的盛况。然而，随着城市的扩张，两岸生产生活污水无序排放，临江河污染渐次加深，水体变黑变臭。

近年来，永川以“背水一战”的决心和勇气，将临江河流域综合治理作为“一号民生工程”，打响了综合治理攻坚战。

如今，临江河水质由劣Ⅴ类提升至Ⅲ类，2020 年还被评为重庆市“最美河流”。

2022 年 4 月，水利部在重庆等 7 个河湖长制工作获国务院督查激励的省市开展幸福河湖建设，永川临江河成为西南地区唯一入选水利部首批“幸福河湖”建设项目。

那么，什么是幸福河湖，永川又将如何进行幸福河湖建设呢？

“没有统一标准，摸着石头过河”

“幸福河湖建设没有现成的模板可借鉴，也没有统一的标准，我们也是摸着石头过河。”永川区水利局分管副局长介绍，全国首批幸福河湖建设项目除临江河外，还有江苏如皋市焦港河、浙江衢州市灵山港等6个河湖，“我们相互借鉴并结合自身实际，确定了临江河幸福河湖建设的目标和具体任务”。

“幸福河就是造福人民的河。”永川区水利局分管副局长表示，幸福河是守护永川河湖安澜、人民安宁的“安全”河流；是保障永川人民生产生活供水用水、水质达标的“洁净”河流；是彰显永川绿水青山、宜居宜赏生态环境的“秀美”河流；是水与“人、城、产”高度融合、助力永川城乡高质量发展的“造福”河流；是凸显临江河文化底蕴、促进永川人民精神愉悦的“文化”河流；是以数字赋能为引领的“智慧”河流。

为此，永川将从水安全、水资源、水生态环境、水文化等方面推进临江河建设全国幸福河湖。

水安全方面，将以中小型水库和城区防洪为重点，完善水文监测站网，提高监测预报和水旱灾害综合防治能力。

水资源方面，将建立取、用水监测体系，优化水资源调配方案，做到合理分水、科学调水。

水生态环境方面，将实施6千米河道的水生态修复，开展生态流量监管和水域岸线空间管控与保护，增强河岸立体空间结构感，丰富多彩的自然风光，提升河道生态承载能力。

水文化方面，将充分挖掘和弘扬临江河水文化，因地制宜打造梳妆台文化、农耕文化、乡愁文化、渡槽文化、三河汇碧文化5个重要节点，讲好水故事，打造特色水文化旅游品牌，助力流域发展，造福人民群众。

建设紧锣密鼓，临江河迎来巨变

秋风吹来一场秋雨，在干涸的石梁湖湖底积成小水洼，几只白鹭徜徉在水边的青草滩，怡然自得。

石梁湖，是临江河支流跳蹬河上的一座人工湖。

“石梁湖城景融合发展综合体项目是临江河幸福河湖建设的一部分，将以茶山为背景、石梁湖为载体，布置八大项目。”石梁湖城景融合发展综合体项目现场设计负责人介绍，项目将构建依山傍水、曲径通幽的山、水、城景观格局，打造“景区会客厅，城市新地标”，创造“宜业、宜居、宜乐、宜游”的良好环境，打造亲水游乐、生态观光、康体运动、文化体验、旅游集散等多功能城景融合发展升级版。

与石梁湖相距约3千米，建成于2010年的兴龙湖，水质清澈透明，参天大树和小草花木倒映其中，是永川市民休闲散步的好去处。

兴龙湖，是临江河重要的补水水源之一。为了改善兴龙湖的水质，永川构建了“食藻虫—水生植物—水生动物—微生物”共生体系的生态自净系统，实现水生态系统多维复育，使兴龙湖水体水质得到明显改善。

石梁湖、兴龙湖、神女湖、三河汇碧、来苏梳妆台广场、临江人民广场……在临江河流域各处，幸福河湖建设都在紧锣密鼓地进行着。

“我们将在这些区域增加部分便于维护、整体和谐且富有创意的设施和水文化元素，增强群众的幸福感、获得感。”永川区水利局分管副局长介绍，永川正同时实施临江河两岸绿化美化提升行动，在重要节点上下游河道沿岸栽种绿植，增强河道多彩风光，提升立体视觉效果。

转年3月，交出幸福河湖建设“答卷”

秋雨绵绵，永川来苏镇临江河畔，一座水利泵房在雨中静静矗立。

“在临江河幸福河湖建设中，我们将把这座泵房改建成水文化展示厅，讲述永川水利工程相关历史文化、水文化和水故事。”永川区水利局分管副局长介绍，临江河流域将重点打造卧龙凼废弃泵站，将其改造成水文化展示厅，并同步启动幸福临江河水文化主题设计，挖掘竹溪夜雨、上游永川龙、永川“石松”、革命水库、仙龙飞渡渡槽、登东渡槽、利济桥等历史文化故事，编撰临江河水文化集锦，开展水文化遗产信息化建设等。

“幸福河湖建设任重道远，除了水文化等软实力建设外，临江河的长效管护也是重中之重。”永川区生态环境局分管副局长介绍，“重庆永川生态环境智慧综合监管平台”已投入试运行，可对永川辖区内如毛细血管般密布的河流进行实时监测。

“如果个别点位数据出现异常，系统会自动报警，方便我们提前预判。”永川区生态环境局分管副局长介绍，该平台利用大数据分析、人工智能、物联网等智能技术，运用卫星遥感、高密度监测设备，构建起水环境感知监测体系，建立了“精细、科学、落地”的水环境监管体系。

仅有“重庆永川生态环境智慧综合监管平台”，还无法确保临江河的长效管护。

接下来，永川还将完善临江河“一河一策”实施方案，建立临江河健康档案；健全并落实城区河流清漂保洁、城镇化粪池长效管理机制；健全并落实水环境保护联合执法及流域横向生态补偿机制……

2023 年 3 月，临江河全国幸福河湖建设将接受验收。

为此，永川发布了《关于印发〈临江河全国幸福河湖及市级示范河流建设工作方案〉的通知》，细化建设任务分工，倒排工期，全面推进临江河全国幸福河湖建设工作。

（原载《重庆日报》2022 年 9 月 29 日第 11 版）

臨江

临江河上故事多

永川区上游水库

河长们

久旱后的一场大雨让临江河水涨了不少。沿岸庄稼和植被遭淹没了吗？河岸护理是否安全？河水里有无垃圾，有无泥石堵塞的情况？

2022 年 8 月至 9 月的 40 多天连续高温，庄稼喊渴，人畜喊渴，临江河及周边水库蓄水能否保证两岸百姓的生产生活用水，让大小企业和种植大户渡过难关？这些情况都牵动着河长们的心。在永川，上至区领导，下至村社干部，都有一个“河长”的头衔。三级“河长”加起来一共有 548 个。“河长”不是行政序列的官职。但在管理临江河乃至永川区内各条河流的工作上，“河长”们都有一个共同的使命：清河、护岸、净水、保水；防止河道上的“乱搭乱建、乱采乱挖、乱排乱倒”；治理黑臭水体；守护两岸人民安澜；充分保护利用好水资源，打造生态宜居的秀美河流，确保水与“人、城、产”高度融合，助推城乡高质量发展。

这些使命，一项项都事关人民幸福。肩负这些使命的河长们行动得如何？抱着探究的心理，我们走访了一部分“河长”，看他们怎么说的，又是怎么做的。

为贯彻落实重庆市政府《全面推行河长制工作实施方案》的要求，顺应生态优先绿色发展的客观需要，永川区及时制定并且出台了相关文件，设立河长办公室，并从水利、环保、市政、财政等部门抽调工作人员到河长办工作，明确由区委书记、区长担任总河长，负责决策部署和统筹协调全区河湖的管理保护。区级相应部门为河长制的责任单位，镇街负责辖区流域相应工作。

作为临江河的总河长，区委书记和区长不仅在口头上许诺还老百姓一条“河畅水清、环境优美”的河流，他们更要从老百姓的福祉上考虑长远，考虑水安全、

安排部署工作

视察红旗河改造情况

永川区河长制工作培训会

水资源综合利用、水生态、水环境、水文化等等。为此，他们从治污着手，启动综合整治工作，组织编制“一河一策”方案，开展养殖、城镇排水、工业企业污染和农贸市场等多个专项治理行动，推进污水管网，污水处理厂（站）等基础设施的建设，实施生态修复工作，按照“一河一策”方案制定目标任务。全区累计整治 1630 家家禽养殖户，4431 家水产养殖户，2756 家城镇排水户，408 家工业企业，437 家食品小作坊，4093 家餐饮企业，81 家农贸市场，取缔 136 座水库和 6747 口堰塘的肥水养殖承包合同，耕整冬水田 13054 亩。正是由于他们的高度重视和身体力行，才让临江河水质由 V 类到常年稳定在Ⅲ类水质，取得了较好的治理成效。

来到永川区河长办公室，我们首先看到的是一张永川区河流分布图，上面清楚标注了 233 条河流在永川版图上的走向、经流、镇街。其中最显眼的一条河，便是流经永川城区及宝峰、来苏、临江等 14 个镇街 54 个村居，养育着两岸 75 万人口，流域面积 655 平方千米的临江河。

据河长办公室的同志介绍，自 2017 年推行河长制以来，区级河长们认真履职，召开临江河综合治理专题会议达 192 次，三级河长开展巡河护河 7.8 万余次，解决处理问题 1.6 万余个。在落实推进河长制工作进程中，永川区立足自身实际，层层签订目标责任书，并用最严格的制度落实各级河长责任，33 位区级领导为联系镇街的区级河段长，76 位部门的主要负责人为区级部门河段长，215 位镇街主要领导为镇级河长、224 位村（居）书记为村级河长。区检察院检察长作为区级河段长，负责大陆溪、圣水河、大河溪流域 7.62 千米河段，坚持定期巡河，对发现的河面漂浮物和散养畜禽等污染问题及时与当地政府联系，并在河长制 APP 中上报，在日志表中如实记录并认真督促整改。发动全员积极参与“污水乱排、岸线乱占、河道乱建”的整治专项行动，共摸排案件线索 19 件，向相关主管部门发出诉前检查建议 10 件，全部得到采纳并整改到位。对永川区大安街道石庙社区污水处理站部分污水未经处理直排外泄等问题及时介入调查，督促主管部门依法依规积极履职，妥善解决了涉案问题，避免了社会公共利益持续受到侵害。河长办对全区 22 个集中饮用水源进行实地排查，就水源保护区内建设排污项目，长期存在垂钓、散养畜禽、生活垃圾未收集等污染问题，交由区检察院发出诉前检查建议 7 件，公益诉讼告知函 4 件，依法维护人民群众饮水安全。

“不让一滴污水进入河道”是区委、区政府的坚定决心，也是每一位政协委员的自觉坚守。政协党组成员也即区级河长们反复研究，提出聚焦临江河流域综合治理，联动开展“一河段一委员”专项民主监督活动。围绕党政所需，群众所盼，尽政协所能，让全区 300 多名政协委员主动认领临江河流域 36 个河段的日常巡河监督工作。政协 8 名正副主席全部都是联系镇街的河长，他们率先垂范，带领所联系的界别委员，佩戴委员证，亮明身份实地勘察问题，走访群众，问计于民寻良策。在深入调研的基础上，就如何加强污染源前期处置，科学清源，建立长效机制，巩固治理成果等坦诚建言，共商治污良策。在“一委员一河段”民主监督中，共出现问题 452 个，提出监督建议 135 条。行走在临江河畔，政协委员们说，从区委、区政府不让一滴污水进入河道的决心中看到了“河畅水清、岸绿景美、鱼翔浅底”的愿望正在实现，为自己能亲自参与其中，尽一份责，很光荣也很自豪。“一河段一委员”作为区政协履行民主监督的创新工作受到重庆市政协的赞扬与肯定，并在全市范围内推行。

每一位“河长”就是一段河流的守护使者，他们充分履行河长职责，严格管理落实好辖区内的治水工作，开展常态化巡河、护河工作，及时有效处理相关问题，并加强宣传引导，改善人民群众的环保意识和生活习惯。“河长不是一种职

查看工程进度

河小青护河

务，不是一个官而是一份责任和一种担当。”时任大安街道总河长的街道党委书记说，治水工作是一项长期的复杂工程，水质变好后还要进行护理，还要进一步提升河库及沿河两岸经济社会发展质量。最终让河库为百姓服务，让老百姓生活在美丽幸福的环境中。

是的，河长们正是凭着一份对党的忠诚和对人民负责的担当在干工作。河长办公室负责人说，他们在完成例行交办、督办、检查各段河长的工作中，常常为那些勤于思考、努力创新工作的河长们而感动。河道该清淤了，护坎该整治了，面源污染要坚决遏制了，怎么办？在资金人手短缺的情况下，有的河长积极开展招商引资活动，引入企业在发展经济的同时，共同治理河流。卫星湖街道办事处辖区的卫星湖是20世纪60年代修建的一个中型水库，担负着周边数千亩农田的灌溉，也是紧急需要时城区居民的应急水源，还是临江河支流大竹溪的重要节点。卫星湖的水质如何，水资源管理如何，直接影响当地老百姓的生产生活。卫星湖街道大竹溪河段河长说：“卫星湖在黄瓜山背面，环湖植被茂盛，湖中一小岛，是名副其实的桃花岛，每年三月，岛上桃花盛开，一片醉人粉红，风景十分宜人，引来无数游人观光旅游。它的下游便是永川古八景之一的‘竹溪夜雨’所在地，居住在这块水资源丰沛，有精耕细作的千亩良田，富饶而景色秀美的土地上，人们的幸福指数非常高。决不能让河湖水质在我们手里面变坏。”

他们决心把卫星湖和大竹溪打造成最美河湖，要卫星湖和大竹溪在原来的基础上提档升级，要在引资建设家园的过程中坚持环保第一，因地制宜，引进利于生态发展、科技含量高的企业。目前，他们已经引入了农科所、西南大学稻谷种植企业，还有走向世界的“水花”鱼苗生产基地等。经政府批准并在区水利局的大力支持下，他们还将在“水花”基地建一座水产资源博物馆，让农业经济和旅游业经济发展紧密结合，进一步提升人们在空间领域的归属感和幸福感。

山水迤逦，碧水翠屏，清流缓缓，醉美安宁。立冬日，我们一行又驱车到临江拜访那里的河长们。下车伊始就被江边风景迷住了。站在场镇边神道碑一处小小的坡上眺望远处，河岸翠竹葱茏，错落有致的房舍散落两岸，跨河的一号桥、二号桥和临水而建的跳蹬石桥，是临江河上在相距100米间为方便老百姓密集修建的三座桥。一桥车行，二桥人行，三桥过往游人。曾经为灌溉桂林、隆顺、兴隆三个村8000亩的农作物起到极大作用的提灌站，现在经过改造，准备设计成一个见证历史的景点。河道上还有两座古堰坎，百年来，拦蓄向东流的江水，为防洪和调节河水流速之用。两坎之间的落差大概有十几米高，在河滩上形成了两道宽宽的瀑布，给秀丽临江河增添了无尽的魅力。

临江镇相关负责人告诉我们，曾经水质不佳、污水横流、不时有水患之忧的临江河，经过大力整治后已经彻底换新颜。现在他们正在修建 2.5 千米沿江健身步道，并投资 300 万修建了幸福广场。市民们闲暇之余在此散步、跳舞、垂钓，还有许多人拖家带口来市民公园游玩度周末，让大家的幸福感油然而生。

因河而美且因河而兴，对于临江镇党委政府来说，经历了一个艰辛的历程。

镇河长办负责人告诉我们，临江河实行分段而治，他们的上游为凤凰湖工业园区和陈食街道，下游流入何埂镇，临江镇管护河段共 30 余千米。上游的工业企业较多，也存在诸多问题。头上高悬环保之剑，镇河长们的压力可想而知。尽管已经很努力了，在拆迁和排污方面做了大量的工作，他们在全区河道管理考核中仍然因水质不达标被区领导约谈过两次，同时向下游镇街支付了水生态补助费 16 万元。为了百姓的安康，为了母亲河安澜，他们下定决心向污水宣战。由时任镇河长李凯牵头，抽调人员组成 4 个组，排查城建管网，查明污染源头，制定截污方案。对城建 9 千米污水管网排查出来的破损处进行及时修复还新建了 1 千米污水管网，将原来日处理 900 方的污水厂改扩建增容 600 方。还引进科学技术改善了污水处理工艺，如今，临江镇河段的水质已由原来的四类达到三类。

临江镇的同志们说，现在河长制工作考核的压力还在，而且将会一直持续下去，不敢掉以轻心，保持水清河畅既是任务也是责任，他们会一直坚持初心好好地守护下去。

与临江镇河长们所守护的生态水质达标不同的是何埂镇的河长们。因为他们爱护的河流除了主流临江河以外，还有临江河上两条最大的支流圣水河和水碾河。何埂地处永川区南部，是永川土地最平坦水资源最丰富农业最发达的地区，也是众多农业企业争相投资的地方。先后有重庆市永川圣水湖农业产业园、永川食用菌生产基地、永川谷禾米业科技公司等 53 家企业落户何埂，分别建在几条河道边。

既要使企业发展，又要保证企业不会成为污染源，是摆在何埂镇党委政府面前的重大课题。依靠科学技术，让废土废渣废水循环利用，也是他们的必经之路。何埂食用菌，单是菌易公司的年产量就达到 5000 吨，远销全国各地，并通过中间商走出了国门。与此同时，他们一年也要丢弃废渣数百吨。以前单是找地方倾倒废渣就要惹一身烦恼。现在，在镇党委政府帮助下，他们引进永春生物科技公司，投资 2000 万元对菌渣和农作物秸秆做无害化处理，整个生产过程没有污染外池完成了闭环，并让有机肥再回到田间，不但减少了工业化肥使用，还让种出的水果、蔬菜更安全环保也更美味了。“我们要把何埂打造成永川最强最环保的果蔬供应基地”，何埂镇现任镇长自信满满地说。

在守护天蓝水清江河水系工程中，何埂镇的河长们，不仅仅是在防止污染和变废为宝上对企业加大了帮扶、整改和监测，他们还严格把牢临江河离开永川进入江津再进入长江的最后一道关口，临江河水质达标情况将直接面对重庆市考核和长江水系的国家层面考核，要流经何埂镇的每条支流都必须达标才能保证临江河水达标，这是对他们的又一考验。因为工作调整，田镇长已经是推行河长制工作以来的第三任镇总河长了。他说，前面调走的河长们，为守住最后一道防线，已经做了大量工作，他接过接力棒，一要秉承前任河长“久久为功”着眼长远的治河理念，二要加大河道整治的力度，三要脚踏实地带领村级河长们做好日常巡河护岸的管理工作；任务重但必须努力做好。

站在水碾河边，何埂镇田镇长说，以前流经水碾居民点的河床很窄，暴雨一来，水就会翻过石板桥影响人们出行，他们争取到水利局整治河道资金1000余万元，对场镇河道进行清淤扩建，将窄窄的河道扩宽了一倍以上，同时按照20—50年一遇标准修建了防洪堤、护坡及人行步道、太阳能路灯等，还在河里投放了十几万尾鱼苗，种植了四季开花的水草。水碾场的居民们无不对环境改造拍手叫好，他们说，这安静祥和的乡村，终于有了同城市一样的环境！但何埂镇的河长们却还在马不停蹄地对镇内所有河道进行规划，实施美化提档升级工程，计划修建污水处理站、设置农村垃圾集中收集点，建人工湿地，对养殖业废水进行处理后再回收利用；准备在圣水河、水碾河及其他小支流上建几个小湿地，种上水草，实施水养，让水多停留净化一些时间后再流出去，水质就会越来越好……

在石笋山村，我们见到了被评为重庆市最美护河员的村党委书记兼村主任邓昌碧。她说临江河在石笋山村的河段有8.5千米长，镇河长给她下达了护河目标并签订了责任书。为了完成好目标任务，她成立了巡河分队，村里自筹经费5万元在河边修建了人行便道，自己坚持每周巡河一次，还带上喇叭沿途喊话，不让岸上水里有一点白色垃圾。为了防止垂钓者夜晚用爆炸钩钓鱼、炸鱼，还要组织起村里年轻的志愿者夜巡。从她那一本本记录详细的巡河日志中，我们深为她的敬业精神所感动。

还有的镇街河长办就地就近招聘热心公益人士，组成“民间河长”和护河小分队。“现在河流通畅了，水质变好了，我们的工作受到越来越多老百姓的肯定。”

培植净水植物

民间河长范开均欣慰地说。还有青年志愿者“河小青”们，扛起团旗、队旗，在河道水库岸边捡垃圾，植树造林。他们表示，为母亲河的水清出力是一份光荣。

“每每发现一个问题，就建立一个档案，交由相关部门和镇街处理，然后由河长办验收进行销号。”区河长办公室相关负责人如是说。

其实该主任也是众多“河长”之一，他除了要对自己所联系的临江镇河段的整治和污染处理负责之外，还担负着对全区“河长制”工作落实的责任，为使“河长制”实施达到“河长治”，全区建立健全了长效管理考核机制。2017 年以来，相继出台了河长制会议制度、工作监督制度、河长巡查等八项工作制度。实现了全区三级河长巡河护河规范化、科技化、网格化，真正做到守河有责、管河有力、护河有方。同时，他们还在管理上大胆创新。2021 年，永川区投入 2000 多万元规划构建的“智慧河长”系统正式上线，系统综合应用了无人机、卫星遥感 5G、视频 AI 识别等技术，将水生态水污染及水环境等相应要素集合到一张图上进行综合展示，使网格员及现场巡河的相应数据、反映的问题能够在一个平台上进行调度，让调度工作更智能，覆盖更加全面，能够更及时地反映水质问题，做到有的放矢，精准治污。现在，永川全区537名各级河长和476名网格管理员，各级管理人员全部纳入了“智慧河长”系统。通过“一库两网三屏四应用”让河流保护“天上看，云端管，地上查，智慧治”成为现实。

区河长办相关负责人说：当然，河长制工作还不能仅仅停留在管河护河上，还要着力思考怎样把水生态环境建设得更好，把水安全、水资源利用得更好，造福一方，让老百姓的幸福感更强。今年我们争取到全国七条创建幸福河流的试点工作。在没有统一标准的情况下，他们必须探索出一条路子来。以水利局为主要责任部门，在区委、区政府的支持下，围绕“幸福河流”确定了总体目标：守护永川河湖安澜、人民安宁的“安全河”，保障永川人民生产生活供水水质达标的“生态河”，彰显永川绿水青山宜居宜赏生态环境的“美丽河”，水与“人、城、产”高度融合、助力永川城乡高质量发展的“发展河”，凸显临江河文化底蕴、促进永川人民精神愉悦的“文化河”，以数字赋能引领的“智慧河”，真正把临江河创建为造福人民的幸福河流。在临江河的重要节点，规划实施了“梳妆台广场”“稻香湿地”“孔雀半岛”“金穗映月”“三河汇碧”“大通湿地”“芭江竹语”“临江广场”等八个地标项目。同时，通过重庆市水利部争取到的水土保持、河道治理、移民帮扶资金，打通最美乡村建设的最后一千米。“鸟语花香，百姓幸福安康的日子定会到来，建设幸福河流的目标一定能实现。”区水利局相关负责人信心十足地说。

因为工作忙，我们还没能采访到永川区河长制办公室主任、区总河长等人。那天我们去卫星湖街道办事处看望卫星湖一位百岁老人时，听办事处的同志说，分管区领导马上要来大竹溪调研“水花”养殖基地工作，并商讨建设集科学、休闲、旅游为一体的水产博物馆。

其实，作为在全区主要担负推广河长制工作落实的领导，他心中一定要装着人民群众，装着改变永川旧貌的决心，以及未来可期的宏伟蓝图并身体力行，才能完成党组织交办的任务。我们从永川区河长办公室获得了相关资料，这几年来，全区河湖新面貌让我们兴奋不已，我们仿佛已经看到了桂山秋月、竹溪夜雨等美景又一幕幕重现。“河畅水清、岸绿景美、鱼翔浅底”的美好愿景就在眼前。

在履行河长责任制的路上，每一段河道的河长都有一段故事，这些故事中包含了不辱使命和改革创新，包含了守护一方水土，让百姓幸福的担当……

水利人

天地万物因雨露滋养而灵秀，人无水而竭，植无水而枯。水乃生命之源。

记得在20世纪80年代，靠天吃饭的永川，每到春夏都盼望下雨多一点。春旱无法栽种，夏旱影响生长，秋天就没有好的收成。每年开三干会，蔡县长都强调保水节水。关门山水库、粽粑水库除了保生产外，还担负着县城蓄水供水职责。各种会上经常听到蔡县长喊，蓄水告急，县城自来水只能供十天八天了。听到他的喊声，仿佛看到他为老百姓吃水而心力交瘁的样子，我们也跟着担心着急。当时的节约用水不是口号，必须变成实实在在的行动。平时缸里、桶里要备水，以防随时停水之用，淘菜洗衣水要存贮起来拖地冲厕所。

为缓解用水短缺，县人大、县政协及各界有识之士积极建言献策，大兴水利建设。孙家口水库、金鼎寺水库、七一水库、八一水库、跃进水库等纷纷上马。20年左右，永川兴建小一型、小二型、大型水库137座，基本解决了农业灌溉。随着城镇扩张，城市人口急剧增加，城市饮用又出现较大缺口，长江提水工程于2010年前后启动，3年耗资数亿元打通长江至上游水库通道，从此永川城市告别缺水停水历史。

近几十年来，一座座高大雄伟的拦水大坝拔地而起，承接天露，拦洪蓄水。水有了，万物之灵不再干渴。人畜饮用，农作物灌溉，企业生产有序运行，水资源得到综合利用。近几十年里，各级财政投资上百亿的国家级中型水库5座；小一型、小二型水库在永川土地上星罗棋布，造福家乡人民。这些水利工程谁是建设者？谁是管理者？

2012年，因工作需要，笔者从纪检系统调到永川水利局工作。在这里我认识了一群把一生献给水利事业的可敬可爱之人。

一群人，一辈子，一事业。

凌文达、钟华利、罗永富……他们都是老一辈水利工作者，有的从四川省灌县水校毕业，有的是从工程部队转业而来。一踏进水利行业，就没有想过离开，一辈子兢兢业业，埋头苦干；水灌溉，水饮用，水力发电，水生态，在每个岗位上边干边摸索；尤其是大大小小的水库建设立项论证，设计施工，库区一沟一渠，一土一石，他们都清清楚楚。水利工作是十分重要的职业。工资收入对他们来说很重要，但更重要的是他们热爱水利事业。与他们聊天，他们会如数家珍地告诉你，哪座水库当年是怎么开建的，遇上什么棘手的问题，又想了什么办法解决等等。他们将亲自参与建设的水利工程项目视为一生的骄傲和荣耀。

张鸿、陈永、穆云飞，三个同龄人，1990年同时考入永川水电学校，1993年毕业，分别分配到仙龙、临江、大安镇水管站。他们都是农民的孩子，本想通过读书脱离农村，但他们仍然回农村去了，在泥泞的田埂上勘测水库管网，搞水生态、水土保持工程，天天在水库检查安全，记录水库运行状态。近30年时间，从一般的技术人员，干到了高级工程师。三人兄弟般的友谊，工作上默契配合，不攀比，不撂担子，踏踏实实地在一线工作，在水资源利用、管理上带出一支优秀团队。他们默默坚守在平凡的岗位上，奉献了青春，用汗水、用知识改变着家乡面貌。他们说，这辈子与水利有缘，再苦再累，无怨无悔。

姚泽斌，转业军人，22年前回到家乡进入水利局工作。初识他是在工作汇报会上。他是节水办负责人，说话声音洪亮略带沙哑，给人的印象是身强体壮，处事雷厉风行，说话干净利落。与他相识久了，更感觉这个军人气质特强的汉子身上的责任心、使命感无时不在。他在局里就是啃硬骨头的人，我们常笑他是高难度前空翻的高手。大家都知道，兴建水利工程与土地打交道，征地拆迁实际是与农村老百姓打交道，这其中，老百姓诉求不一，从而产生各种纷繁复杂的因素。他坚持不与老百姓争利益，认真宣讲政策，按规定兑现承诺。遇到实在不讲理的人时，他偶尔也会争吵发火。但他多数时候会依靠乡村干部做群众工作。他告诉我，有一次请村干部协调一农民房屋拆迁，座谈会后天色已晚，就地安排工作餐。餐前姚泽斌对村干部说，有规定不能饮酒。但是在乡村，老百姓白天忙活了一整天，他们最快乐的事情就是晚上吹点龙门阵喝点小酒。

吃饭时，一看大家的架势，姚泽斌知道躲不开了，只能硬着头皮上，一杯又一杯的烧酒把他灌得一塌糊涂。

为了赢得大家的信任与支持，第二天晚上，他约了几个战友，自己回请村子里的人，同样把对方灌得稀里糊涂。临走时，一个人拉着姚泽斌的手说："兄弟，你没把我们当外人，我们认你了。明天你们不用再来，一切事情包搞定。"

说话间，姚泽斌沉稳的语气里带着丝丝感动，眼中含着的泪水闪着光亮。他说，农村的工作要接地气地做，老百姓大多数都是纯朴善良的，以心换心就会让一切困难化解。

南瓜山水库、金鼎寺水库、石梁桥水库……每座水库建设前期的工地上都有他的脚印，院坝上有他的身影，在群众面前树立了党员干部以身作则的良好形象，更留下真情实意。

最近笔者和几位作家去渝西水资源配置工程项目永安隧道施工现场采访，在那里认识了来自中国电建十四局的项目经理郭正祥，他介绍说，永安隧道总长13.4千米，穿越云雾山脉，地质条件非常复杂。在施工过程中，他们遇上透水面、瓦斯层、熔岩体，步步掘进，步步惊心，稍微大意就会酿成大事故。为了安全顺利施工，家在云南大理的他，整整两年，几乎都扎在工地上。我问他，两年就真的没回去过吗?

回去过。那是孩子妈妈哭着打电话告诉他，上高二的娃不想读书了。他今年已经46岁，只有一个孩子。娃的将来也是大事，他应该回去。他说，很亏欠妻子，更觉得对不住孩子。常年在外的他，有时候回去，孩子与他陌生得不敢叫爸爸。想想，真的令人心疼。

其实，不仅仅有凌文达、张鸿、姚泽斌、郭正祥，他们只是更多为水利事业献身的群体中的缩影。在水务局工作一转瞬也有10个年头，在兴水利，建设水资源工程这个功在当代、利在千秋万代的大业里，每每看到这些常年在外，与水为伴，不计个人得失，无私奉献，为水坚守的人，同为水利人，我心生感动，也很自豪。

致敬，润泽永川城乡的水利功臣们!

最美护河员

——石笋山村女书记邓昌碧的故事

“重庆市最美护河员”“永川区优秀共产党员”“永川区科技星火带头人”“永川区三八红旗手”“石笋山乡村创业带头人”等，这些荣誉使石笋山下的女豪杰格外引人注目，她就是永川区何埂镇石笋山村党委书记邓昌碧。

邓昌碧，1968 年出生，1996 年入党，土生土长的石笋山林场人，为人耿直又朴实大方，办起事来风风火火，是群众眼中“最能干”的女书记，大家又亲切地称呼她“泼辣书记。”30 多年前高中毕业回乡时，大家称她为“邓村花”，她先后担任村团支部书记、村妇女主任和村党支部副书记，2010 年至今村党委书记和村委会主任一肩挑，从开始至今担任村干部已经足足有 33 年。她颇有经济头脑且超前意识强。在担任原五村合一的石笋山村党委书记和村主任之前，她经营过煤厂，经营过摩托车和长安汽车，还开过超市，是当地有名的“小富婆”。她为人大方，村民有困难找她就慷慨资助。她说：“我一人富不算富，要带动全村富才叫富！”所以，她后来一直践行着她对村民的诺言。

一

2017 年，她又担任了临江河石笋山村段的河长。临江河在该村境内流长 8.5

石笋山村河段

千米，另有小支流小河 4 条。针对工作量大等现实问题，她召开村“两委会”研究，把任务一一落实到人头，实行任务与奖惩结合，要求大家切实“守住我们村内的 8.5 千米河段，要长期保持段段通、段段清，不让一滴污水流进临江河！”

任务分好后，邓昌碧亲自带头护河巡河，她白天巡河，夜间也巡河，还用村里的自筹资金在 8.5 千米的河段两岸都修起了水泥路。新路与临江河携手并进，新路和竹绿花红成了河边一道靓丽的风景。在她的带领下，这 8.5 千米的临江河沿岸随时有戴红袖箍的村民巡河，一遇问题马上报告并及时处理。她在网上专门建立了“临江河段应急群”和“网络护水群”，实行网格化管理。一次，她接到巡河村民网络信息：“有个钓鱼者不自觉，将一包塑料袋扔在河里，还不讲道理，与巡河村民闹得很凶。”邓昌碧急忙手拿喇叭边跑边喊“不准钓鱼！”她气喘吁吁跑到现场，问明情况之后说，“这位大哥，今天是你不对，这河不准钓鱼，塑料袋是白色污染物，不能扔到河里，要么你捞起来，要么你接受罚款 100 元，我请人捞起来。”那人说：“我两样都不干。”邓昌碧抓住钓鱼竿，厉声问：“那么，鱼竿你还想不想要？”那人只好交出100元罚款跑了，嘴里连说：“男不和女斗，你凶，我怕你！”柏林场镇和石笋山污水管网建设约6千米，场镇和石笋山污水现已全部雨污分流集中治理。在污水治理中，有个别村民刁难拆除整治，上级督察部门跑了多次，该户还是不拆，邓昌碧气急了说：“好话说了一大堆你都不听，再不拆我带人帮你拆了！”说着当真组织起村里村民，帮助那人把违规建筑拆除得一干二净。那人在旁边骂道：“邓昌碧，你是个泼妇书记。”邓昌碧说：“为了临江河，为了正义，这个泼妇书记我当定了。”她一不做二不休，按照上级要求将几处违规建筑和6个违规的养殖场全部按时拆除，到2019年12月，临江河在石笋山村的出境段面水质达到了三类。

二

发展乡村特色产业是农村的致富之道。邓昌碧多次召开村里“两委会”，专题讨论这个问题。搞什么产业？走什么路？邓昌碧说：“我们村历来是一个农业村，抓住石笋山开发的机遇，因地制宜，种植果树恐怕是条路。”意见统一后，他们利用村里的1000多亩坡地，发动村民投资入股，种植红心柚和沃柑。因害怕亏损，开始村里只有少数村民交钱入股。邓昌碧把心一横，当众拿出了自己多年的积蓄上百万元，和少数村民股东在风浪中办起了“重庆康蜜果树种植股份合作社”。在她的带动下，后来村民纷纷入股，共投入资金500多万元，硬是在乱石坡上建成了1000亩果园。现在果园已经硕果累累，红红绿绿漫山遍野，形成了石笋山一道美丽的风景，吸引了八方游客来观景采摘。果园年产30万斤，村民每年每亩红利500多元，园区务工的村民脚不出户每月净挣1000多元。村民笑了，邓昌碧也笑了。

三

邓昌碧常挂在嘴边的一句话是“我把企业当亲人”。石笋山村内有国家4A级风景区中国西部情山石笋山，与江津区连界。山中常年层峦叠翠，云雾缭绕，植被茂密，路径险峻，风景迷人。来石笋山村安家落户的有四家企业：重庆市石笋山生态农业有限公司、重庆市亦可坊农业开发有限公司、重庆市石笋山旅游开发有限公司、重庆市上一有限公司。邓昌碧与他们相处融洽，村里以3000亩林地，5000亩土地流转给企业开发使用，对村民实行保底分红，保底在每亩300元至600元之间；同时招聘了村里180名村民到企业打工，让大家既挣钱又照顾了家庭。村委会“以奖代补”，改善村民居住环境，使人居环境与旅游景区相得益彰；用农旅融合发展果园，让红心猕猴桃与茶园、宾馆民宿结合，带动产业发展。今年3月，村里为全村15户“清洁文明示范户”挂牌，并给获奖的村民每户发放奖金17000元。现在的石笋山村，每年人均收入在2万元以上，绝大部分村民家中有小轿车。

村民们都说，石笋山村从寂寂无闻的边缘小村庄、漫山遍野乱石林立的荒山坡到山清水秀的重庆市乡村旅游胜地，就在于有邓昌碧这样的无私奉献带着大家致富的带头人。2019年重庆市表彰“最美护河员”，邓昌碧受邀参加了重庆市水利局举办的联欢晚会，代表全市17000名河长上台接受媒体采访并发表了自己的感言：“总之，不让一滴污水进入河流是我的职责！”这掷地有声的话语，获得在场领导和河长们的点赞和经久不息的掌声。当我们离开她的时候，她微笑着告诉我们说：“我明年要退休了，但我还是会继续守护临江河，因为我是一个共产党员！”

水利巾帼

——记永川水利局原河长制科主任蔡兰兰

她，优雅大方，稳重端庄，聪慧的杏仁眼里闪烁着智慧和担当。由于无私无畏地不懈付出，她已经赢得了很多荣誉。她是重庆市“最美护河员”，也是长江经济带建设中的“最美护河员”，她不仅是重庆市“五一”劳动奖章获得者，还是全国“五一”劳动奖章获得者，新近还被评为2021年度重庆市担当作为好干部——她，就是永川区水利局办公室主任蔡兰兰。蔡兰兰出生在潼南区塘坝镇，大学毕业后到永川区工作，与水利结缘已21年。

一

河长制是党的十八大召开后的一个伟大创举，是当今时代的新生事物。2017年初，永川区全面推行河长制，河长办公室应运而生。时为区水利局干部的蔡兰兰巾帼不让须眉，主动请缨到工作难度大挑战多的河长办工作。到了河长办，组织安排她具体负责永川区河长制推行的日常工作，她面临诸多困难和挑战，诸如永川河流多、基础文字资料缺乏、水质污染严重、排查工作量大等等，但她义无反顾地迎难而上，和同事们一起从基础工作开始干起，深入河流水库一线摸“家底”。不管是刮风下雨还是高温酷暑，她都坚持白天跑河流水库现场，细心查看、

现场调研面源污染问题

仔细记录，晚上再加班汇总研究。由于河长办人员都是从各部门抽调组成，文化程度也参差不齐。她还要不厌其烦地甚至是手把手地带新同事们尽快熟悉工作情况。经过连续4个多月近150多个日日夜夜的奋战，他们编制完成了全区河库名录的电子信息，完善了各流域、各镇、各街道办事处、各村、各段水系图册；完成了全区115个水质监测断面设置；制定了《永川区水质断面监测工作实施方案》。同时积极建立全区河长组织体系，将上至由区领导担任的三级河长，下至最底层的各村段河长的姓名和电话整理成电子文档入库；摸索着草拟了永川区河长制推行会议、巡查、监督、各部门联动等多项工作的规章制度，为永川区全面推行河长制奠定了坚实基础。还在重庆全市率先组织编制完成大小河流的“一河一策”方案，得到了国家水利部及水利部长江水利委员会高度肯定，被中央电视台《焦点访谈》宣传报道。

二

作为一位从事水生态环境建设的一线工作人员，蔡兰兰牢记自己肩负的责任，为了让永川人民喝上清洁水，不管寒风还是烈日，在河边或湖岸上都能看见她巡查的身影。有一次因为长途跋涉，衣服被汗水浸透，劳累过度，生病发烧，全身乏力，头痛难忍，领导和同事们都劝她住院治疗，她仍然坚持轻伤不下火线。她总是利用午休时间去医院输液，下午又出现在河道边。她的同事、区河长办公室工作人员聂雪梅说："蔡兰兰沉淀在骨子里的是一种担当精神，她负责任的工作态度，为我们树立了一个好榜样……"4 年多来，蔡兰兰和同事们走遍了永川 200 多条大小河流，总长度达 1000 多千米。她的同事笑着说："蔡兰兰的鞋子不是穿烂的，而是走路走烂的。"不管是哪条河的哪个河段，河岸上都留下了她的足迹。边走边看，她积极协调各类污水处理大小问题 43000 多处。不管是永川城区"三河汇碧"的整治还是临江河兴隆村水磨滩河段的清漂，不管是胜利河的污泥清理还是小安溪的九子桥闸坝的河湖连通，不管是九龙河的治理还是大竹溪的治污，她都在现场协调和指挥。正是由于她和同事们的努力工作，永川区河长制推行的先进经验吸引了内蒙古鄂尔多斯、四川广安等 10 多个市县来永川参观学习，也吸引了中央电视台、《中国水利报》、《重庆日报》、重庆电视台等主要媒体前来采访报道。在河长制的有力推助下，永川城区已彻底消除黑臭水体，各流域水质由劣Ⅴ类提升达到Ⅲ类，"河畅水清，岸绿景美"的生态画卷已经展现在永川人民的眼前。

三

工作是大家做的。但蔡兰兰却是同事们眼中的"工作狂"和业务上的"带头羊"。有段时间，每天一大早，蔡兰兰和同事们就会来到小安溪河永川茶山竹海街道河段督促河道隐患整改工作。由于一家木材公司在部分区域影响了河道畅通，河长办下达了整改通知书。她们提早去到现场，就是对其整改进度进行督查，视其是否能按计划在 5 月中旬汛期到来前全部完成。为了把工作做好，她心里装满"水事业"就再也装不下别的事情，连孩子上学都是让丈夫接送，甚至母亲重病住院也是弟妹们送医，她直到深夜才赶到母亲病床前……

遇到河道管理不到位的情况时，蔡兰兰坚持原则。她的同事李国琼说："蔡兰兰在曝光问题和考核打分等方面，坚持用事实说话，办事很公道。"由于永川区规定河长制推行情况每月考核排名后三位的镇、街道、园区"一把手"将被区领导约谈，连续 6 次被约谈将被严肃追责。于是每到月末统计分值时，找蔡兰兰说情的电话总是不断。但她在耐心解释的同时，用规章制度和事实说话，直到把求情人说得口服心服。曾经有位镇街领导致电蔡兰兰说请她高抬贵手，软磨硬泡了好大半天，蔡兰兰却既坚持原则又耐心说服，劝他争取下个月迎头赶上。这位镇领导后来说："开始我心里很不舒服，觉得自己很没面子……但是后来就服气了，听君一席话，胜读十年书呀！与她交流后，我受益匪浅！"由于蔡兰兰考核"斗硬"，把某镇的治污工作的排名靠后，使其领导被区长约谈。随后，该镇党政班子把治污工作当成头等大事抓，在区河长办的协调指导下，通过对辖区内养殖、生活污水等污染源的全面整治，场镇内外的环境污染大为改观，由重度污染变为整洁干净。在水环境治理工作中，永川区约谈干部186次，收到了显著的督促效果，形成了全区上下齐抓共管治理水环境污染的大好局面。

四

在永川从事水利工作21年，蔡兰兰始终站在水利基层第一线，把自己的青春融进河湖里，参与和见证了最近二十年来永川水利事业的大小事件：孙家口水库、金鼎寺水库、南瓜山水库的建设，100万城市人口的饮水和城区河道补给水源问题的解决，临江河、小安溪河、九龙河等多处河道的综合整治工程，她始终和广大干部群众一起，为沿河两岸数十万人民筑牢了防洪防旱的安全屏障。

由于工作成绩突出，蔡兰兰获得了许多殊荣，但她为人处世十分低调，对人总是那么和蔼可亲，同事亲切地叫她"蔡姐姐"。她是孝顺的女儿和媳妇，经常抽空给双方父母购置果蔬和衣服；她是一位贤惠的妻子，为了不拖累丈夫的工作，她承担了家里的家务，还把刚上学的儿子送进学校托管班；她也是一位温柔的母亲，总是挤出时间与儿子谈心，给儿子织毛衣，或找老师交流并亲自检查儿子的作业……

党的二十大胜利召开以后，蔡兰兰更是精神焕发，在全区水利系统学习贯彻党的二十大精神时发出了自己的铮铮誓言："十年成就鼓舞人心，宏伟蓝图催人奋进。作为一名水利战线的共产党员，我将把学习好宣传好贯彻好党的二十大精神作为当前首要任务，不忘初心、牢记使命，立足岗位、拼搏奋斗，持续推进防洪保安全、优质水资源、健康水生态、宜居水环境、先进水文化、智慧水管理建设，助力产业富民，生态惠民，以实际行动为推动永川水利高质量发展，全面提升全区水安全保障能力作出新的贡献！"

关门山村的第一书记

——记扶贫干部粟本林

几乎从大学毕业参加工作那天起，80 后粟本林就与临江河结下了不解之缘。参加工作 20 年来，他先是在王坪和来苏水利农机站工作，之后到作为临江河支流的青峰水库管理所任所长，一待就是近 10 年。2018 年在打赢脱贫攻坚战的关键时刻，身为共产党员的他放弃了调动回城工作的大好机会，主动申请来到地处临江河上游的来苏镇关门山村这个重庆市级贫困村驻扎下来，为扶贫攻坚和乡村振兴贡献力量。在此期间，他走家串户，聆听了村民很多关于关门山水库和村民贫穷的故事，他热血沸腾，心甘情愿与村民一道攻坚脱贫。以发展农村现代经济林、经果林为抓手，采取各种措施以为民创收为目的。2020 年关门山村成功脱贫摘帽；2021 年，达到轮换期限时，他毅然再次向组织提出申请，要继续奋斗在乡村振兴的战场上，担任了关门山村的驻村第一书记。

一

由于关门山水库的兴建，关门山村（原来响水村）的良田变成了水库，村民无偿拆迁至英山山麓，用瘦田薄土耕种红薯玉米度日，过河用撬斗来当船划，生活过得十分困苦。1962 年突下暴雨数日，淹没了库区的庄稼和房屋，水库大坝决堤，洪水犹如猛兽咆哮着涌进了永川城区，将永川城区淹没了一半，泸州街、下街子、西外老街可以划船。永川县革委会1972年决定第二次重修关门山水库枢纽工程，派出一名副主任兼任指挥长，带着“有条件要修，无条件硬上”的决定，约请地区当时的水电局负责人和水利工程师、永川县水电局负责同志和技术人员到现场考察，组建了工程指挥部，调动了当时来苏区、城郊区近3000多名社员参加修建，发扬“大干苦干加巧干”的奋斗精神，全靠人工挑土挑泥，一锤一锤地打石头，后来才请到成都推土机、压路机来帮忙，终于在1973年10月竣工。1978年永川水利局又对大坝加固和增高，让关门山水库成了永川人民的“第一大水缸”，具有城区供水、农田灌溉和防洪备战等诸多功能。但为水库建设作出无私奉献的关门山村群众，却付出了巨大的牺牲。

二

听了关门山村人的故事，粟本林发誓说：“不但要把关门山村的群众全部扶起来，还要好好送大家一程，我一定要留在村里大干一场！”2021年6月，经区委组织部、区农委批准，持续向关门山村选派了驻村第一书记兼工作队队长粟本林和队员周绪阳、刘强三位年轻同志，专职开展关门山村乡村振兴工作，与原单位业务工作脱钩。工作队同村两委会齐心协力，紧扣“产业振兴，生态振兴，人才振兴，文化振兴，组织振兴”的工作目标，让全村村民走向致富路，过上小

山清水秀的关门山水库

康生活。2021 年粟本林任关门山村驻村第一书记以来，带领他的团队继续践行着不忘初心、牢记使命、一切为了振兴社会主义新农村的目的。

关门山村坐落在阴山山麓，关门山水库内外，山清水秀。计有林地 8882 亩，耕地坡地 5138 亩，人口 3600 多人，1058 户，7 个村民小组，其中低保人员 137 人、特困户 37 人、残疾人 126 人、因水库占地移民 1600 多人。

党的十八大召开以来，关门山村发生了巨变，粟本林提出“发展产业是实现脱贫的根本之策”。2018 年粟本林去了关门山村后，迅速投入走访研究判断等工作，第一时间熟悉关门山村地形地貌。与村两委商量后，粟本林提出“村里的好田好土被水库淹没，大部分是坡瘠地，因地制宜，种花椒！耐旱，投资小，见效快，环保清洁，收益高”的想法。说干就干，他带领关门山村建立贫困户利益联结机制，采取“合作社 + 农户 + 业主”的管理模式，新种植花椒 300 亩，投产后，业主按每亩产 60~100 斤（逐年递增）以鲜椒折成当年市场收购均价向花椒合作社缴纳固定分红，合作社再按比例二次分配，总分红金额的 50% 由占地股民分红，20% 作为红利对村里所有脱贫户分红，20% 作为合作社公积金留存，10% 配给村集体，2022 年已经初见成效。随后村集体经济联合社种植长叶香橙 300 亩，2023 年可见成效。

粟本林利用村里 1000 多亩山地流转，引进企业入村共谋发展，村里保底分红，村民在企业打工，足不出户每人每月挣 1000 多元不等。

引进重庆德茂农业开发有限公司种植柠檬 600 亩；

引进重庆谷显德生态农业发展有限公司种植油茶 500 亩；

带动其他村民种植早熟九叶青花椒 200 亩、血橙 200 亩，蜂糖李、六月脆李子 200 亩，逐年见效。

环保治理，生态振兴，大局担当，舍小家保大家，保证临江河“大水缸”周围一尘不染。

2020 年以来，粟本林组织关门山村群众全力推行“厕所革命”，落实改厕 321 户，建设清洁院落 10 个；全村实行家畜家禽圈养；实施道路绿化 10 多千米，栽种蓝花楹 2400 株，桢楠近 2000 株；开展关门山水库消落带垃圾清理数十次。在村党总支的牵头下，全村每年每季开展环境卫生评比，实行奖惩制度，促进乡村环境干净整洁优美。

开展消费帮扶，防止农产品滞销，增加村民收入。粟本林及工作队队员们充当“推销员”和“快递员”，通过展会、微信朋友圈推荐，进机关院校帮助村民推销柑橘、鸡鸭（蛋）、猪羊肉、葛根粉等农副产品，实现年均销售额50余万元。

“要致富，先修路。”打通库区村民交通纽带，带动经济快速发展，方便村民出行。

2014年永川区水利局投资500多万元在关门山村新建关门山大桥一座，解决了关门山村“通行难，上学难，看病难，创业难，找钱难”等突出问题，解决了库区内1000多名村民几乎与世隔绝的生活状态。后来，粟本林又先后为关门山村争取到很多基础设施项目工程，在粟本林的带领下，关门山村为后续经济发展打下了坚实的基础——实施机耕道硬化50多千米，基本实现全村户户通，促进了产业提质增效。

三

粟本林这位水利汉子，中等个子，长着一张诚实憨厚的脸。他坚持人民至上，为人民服务，为官一任，造福一方。他是一位实干家，无论走到哪里都是阳光灿烂；他和他的伙伴们为了振兴新农村，打起背包奔赴边缘库区，是当代青年中的“逆行者”。粟本林在关门山村，心中装着村民，牢牢抓住产业振兴这个“牛鼻子”，让全村群众过上幸福生活。近年来，粟本林多次向脱贫户周华清讲解花椒树的养护技术，走进唐昌华家里，走进更多村民家中走访，嘘寒问暖，特别多次走进特困村民、残疾人家中，落实“两不愁三保障”及饮水安全等，宣传党的环境治理政策，督促农户做到“三清一改”工作。经过几年的奋斗，关门山村先后获得“国家森林乡村”“重庆首届美丽宜居乡村”“重庆市一村一品示范村镇（柠檬）”“永川区人居环境示范村”“永川区文明村”等荣誉称号。关门山村人均收入每年达18000元，80%的村民家有机动车，2020年全部脱贫摘帽，由重庆市级贫困村变成了青山绿水瓜果飘香重庆市最美的乡村。村民杨大爷说：“粟书记是我们的好书记！”村民温大哥说：“粟书记带领我们挣到了钱，我们好幸福！”

扶贫走访引出一段千里寻亲团圆佳话

“失踪”25 年的瑶乡女找回“身份”

2019 年 5 月 11 日下午 5 时 30 分左右，贵州省黔南州大山深处的荔波县瑶山瑶族乡菇类村懂蒙组，瑶民们身着节日的盛装，敲响铜鼓和木鼓，捧着自酿的米酒，欢迎远方的客人和亲人的到来。

这一天，44 岁、离开家乡 25 年的瑶族妇女何六妹，在重庆市永川区来苏镇扶贫干部和关门山村干部的护送下，驱车近 10 个小时，行程 700 千米，回到了家乡瑶寨。

走访发现，瑶乡女没有户口

来苏镇关门山村是市级贫困村。

何六妹为二婚，前夫是关门山村人，在瑶山乡挖煤时与她相识并确定恋爱关系，25 年前两人离开懂蒙瑶寨到了永川，逐渐与家人失去了联系。10 年前，前夫患癌症去世，两年后何六妹嫁给了现在的丈夫唐忠见。

关门山村原第一书记周杰和现任第一书记邓德学在走访荆竹湾村民小组的建卡贫困户唐忠见时，了解到其妻“何六梅”在当地没有户口。

因为没有户口，虽然“何六梅”的大儿子都 23 岁了，但她的婚姻还名不正、言不顺；因为没有户口，她办不了身份证，这些年没走出过来苏镇；因为没有户口，虽然她家是当地的建卡贫困户，但她却不能与其他人一样享受任何惠民政策。

解决“何六梅”的户口问题，成为“扶贫书记”的一块“心病”，随即，关门山村成立了寻亲组。

找到亲人，户口却已被注销

定居关门山村 25 年，“何六梅”说话仍有浓重的乡音，勉强能从她的口音中辨别出少许有用的信息：“贵州”“荔波县”“瑶族”。

2019 年 3 月，事情有了转机。寻亲组联系上“何六梅”老家邻村的远房侄女，又联系上了“何六梅”在重庆读书的亲戚，随后找到“何六梅”的侄儿、菇类村的村警（协警）何东曲，终于跟何六妹的哥哥何老四取得了联系。

这时，寻亲组方知他们一直称呼的“何六梅”是误读，其真名是何六妹。随后，何六妹通过视频电话与大哥、三哥见了面。

不久，何六妹的嫂子通过微信传来了何六妹的户口页，当地派出所清楚地注明：何六妹的户口于 2016 年被当地公安机关注销，原因是“失踪”。

回到老家，分别 25 年的团聚

送何六妹回家，尽快恢复她的户籍！从来苏镇党委、政府到关门山村，很快达成了共识。

5 月 11 日早晨 7 时，来苏镇扶贫办、关门山村干部带着何六妹和她的女儿唐云玲，从永川向目的地进发，终于在下午 5 时 30 分左右赶到瑶山瑶族乡菇类村懂蒙组。

“我一眼就认出了六妹！”何六妹 84 岁的老母亲在寨门望了一下午，终于见到了自己日思夜想的女儿。老人一边笑着，一边抹着泪说：“高兴呀！”在何六妹出生的老屋里，老母亲不停地招呼客人，与大家一起分享自己的喜悦。

当关门山村“脱贫书记”送上永川特产时，老人高兴地说，晚上要和礼物睡在一起。听不懂永川客人在说什么时，老人诙谐地说：“耳朵放在房间里了，没有拿出来……”

简陋的木屋里，洋溢着比节日还浓厚的欢乐气氛。

特事特办，“失踪女”重获户籍

在菇类村第一书记莫文炯的联系和带领下，12 日尽管是个星期日，邓德学一行带着何六妹及其家人，走进荔波县公安局瑶山乡派出所时，所长覃洪荣和户籍民警莫丹丹已经等候在门口。

“绿色通道”开启，调录资料、询问取证、取指纹、拍影像、录视频……一切进展得非常顺利。不到两个小时，一张印着“何六妹”三个字的崭新户籍页，放进了哥哥何老四的户口簿里。拿着户口簿，重获“新生”的何六妹笑了，不住地说：谢谢你们！

通过协调，瑶山派出所还专门采集了办理身份证所需的所有信息。覃洪荣说：“不用专程回瑶山，通过网络和快递方式，不久，她就可以领到身份证了。”

更让何六妹高兴的是，关门山村党总支、村委会决定，适当时候为她补办一个特殊的婚礼，还将帮她办理好户籍迁移手续，争取安排公益性岗位，让这位“失踪”多年的瑶家女，真正融入关门山村。

繁花锦簇的红旗河

长寿之秘在绿水青山

卫星湖街道办事处坐落在植被茂密的黄瓜山南麓，一条清澈见底的大竹溪从五间八一水库潺湲流来，流过美丽的卫星湖，再流过远近闻名的“水花”基地……从头至尾都漂漂亮亮，从头至尾都清澈见底……

卫星湖街道所辖村居共有人口3万多人，其中70岁以上的老人有4351人，80岁以上的老人有1278人，90岁以上的老人有178人，百岁的老寿星也有12人，其中年龄最大的已经104岁。若问这里的人长寿的奥秘在哪里？回答是因为这里的山好水好，是名副其实的康养胜地。

大竹溪是临江河第二大支流。沿河两岸翠竹茂盛，一丛丛一笼笼，排列夹岸姿态婆娑。竹间怪石嶙峋，景极幽美，即使没有霜露的早晨，竹上也有雨滴痕迹，是为永川古八景之“竹溪夜雨”。10月下旬的一天，我们一行人在卫星湖街道同志的陪同下去到地处卫星湖源头处石龟寺村石龟庙村民小组，拜望了百岁老人盘宏水大爷。他家就住在卫星湖边上，大竹溪刚好从这里流入卫星湖。这儿是南大街、五间镇、卫星湖街道三镇街交界处，空气清新，后山的松林植被茂密，湖面波光粼粼，我们似乎走进了一个“世外桃源”。

我们走进盘宏水家院子，只见院落干净整洁，院坝里的鸡鸭都是圈养；百岁老人盘宏水腿脚灵便，眼明脑清，说起话来语言也清晰，声音响亮，只是耳朵稍微有点背，要大声说话他才能听见。听他家里人说，盘大爷除了有轻微的高血压外没有什么病，生活完全能够自理。遇上好天气，他还会拿着锄头在房前屋后种菜除草。那天他身着半新不旧的灰色衣服，深蓝色裤子，衣着整洁，满头银丝，还围了一条深蓝色围腰，看上去不过 80 来岁。我们试着与他聊天，他思维清晰地与我们对话，说他有 7 个儿子和 1 个女儿，最大的现已近 80 岁，老伴 10 年前过世了，他一直与三儿子盘敦厚一起生活，一家人现在五世同堂。他每餐两碗干饭或者两碗稀饭，爱吃稀饭和胡豆，每年要吃 20 多斤胡豆；每天还要吃一块红烧肉，此外便是时令蔬菜，总的说来是荤少素多，一辈子都没有见过什么保健品。他的三儿媳妇 70 多岁，做事干练利落，人品又好，把老公爹照顾得仔细周到。

聊天中，盘宏水老人说："现在社会好了，政府修了卫星水库，天干不缺水，庄稼收成好，有干饭吃。我喝的是水管水（自来水），照明是电灯，不用煤油灯了。旧社会一遇天干，我们就去石龟寺抬菩萨。我们四个壮汉抬着菩萨去五间圣水寺求雨，烧香拜佛，围绕圣水寺转几圈，一求就是两天，再把菩萨抬回庙里烧香安放好，还是没下雨。大家出钱又出力，收成孬，吃不饱，天不下雨，好多河沟都要断流。"我们问他："今年是百年未有的特大干旱，您有什么感觉？"老人回答说："我家门前有大水库，不缺水，庄稼收成好。"

我们又问他："今年热到 41℃，您感到热不热？"老人笑着说："不热不热，我房圈（房间）有空调，凉快。"盘宏水老人一辈子种庄稼，犁田挞谷，抛粮下种，上山砍柴火，新中国成立前只读过一年书，没文化。

他非常高兴地告诉我们说："国家每个月补助我生活费，我有干饭吃，子女孝顺，衣食住行无忧，现在社会好。"说到这里时，他有些激动。

我们问他："您活了这么大岁数，长寿秘诀是什么？"

他说："没得啥子秘诀，水好能长寿，我一辈子都喝大竹溪的水。小时候还在大竹溪摸鱼洗澡，干活儿累了口干，用手捧一捧溪河里的水就喝。"

我们提出与这位真正的"百年不老松"盘宏水老人合影留念，他非常高兴。临别时，他还与我们一一握手。

是啊，民以食为天，食以水为先，水是生命之源。"水、空气、植被"优良的自然环境资源，已经成为人们渴求的"宝贝"。永川区百岁老人共有 50 多位，稳居重庆市前 5 名。其中，临江河边大南村大佛岩村民小组的村民杨昌志老人最长寿，活到 114 岁（2017 年去世）。

两座稀世水利工程

“兴修水利，大搞农田基本建设”是人民公社化时期经常听到和看见的词语。在那个公有化程度极高、物质匮乏、生活困难的票证年代，为了多打粮食来填饱肚子，水利人和社员群众仍然激情飞扬。修水库、修堰塘、筑水槽、修水电站、安装抽水机，让水往高处流，那真是战天斗地、热火朝天、激情燃烧的火红年代。

永川区的关门山水库、上游水库、卫星水库、革命水库、八一水库、青峰水库、邓家岩水库、东方红水库、粽粑水库、勤俭水库等大大小小的水库上百个，还有星罗棋布的堰塘上千，堰沟渡槽则犹如蜘蛛网伸向各个公社及生产大队。这里面又数仙龙飞渡和来苏革命水库双曲大坝设计独特，水文化艺术价值高，如今被称为稀世水利工程和网红打卡地，这也是政府、水利工作者和公社社员共同奋战的智慧结晶和时代记忆。

20 世纪六七十年代，渡槽，这一简单实用的输水工程，成为巴蜀大地上数量最多、分布最广的灌溉工程。“仙龙飞渡”渡槽又叫“6 号桥”，地处仙龙镇街道旁边，修建于 1977 年。由当时的仙龙公社党委书记任指挥长，邀请江津地区及永川县水电局高级工程师共同设计，动用了仙龙 2000 多名社员参与修建，于 1979 年竣工。工程全长 377 米，最高处 38.7 米，砖石结构，拱桥外形，共有 11 跨，中间最高 7 跨为双层跨，中间顶部每隔两跨刻有“仙龙飞渡”4 个大字，苍劲有力，上面一层走水，让牛门口水库的水一路欢歌通过堰沟来到 6 号桥并直达巨龙村，灌溉仙龙 1 万多亩良田后继续向东流，流入圣水河，再由清清的圣水河汇入临江河；中间一层过人，最下面是小溪奔流。远远望去，犹如飞龙腾空；

仙龙渡槽6号桥

来苏革命水库

站在下面小溪旁边向上看，高大的石桥墩稳如泰山，一座座石拱桥耸立在空中云雾间；漫步在二层天桥上面，每两道石门之间有约 4 米长的连接平台，穿过 12 道宫殿式的石门，仿佛进入古代皇宫，天马行空、行走自如、脚踏溪流、头顶渡水，仿佛看见那边的万亩庄稼等着人去拥抱。

革命水库属于小（一）型水库，位于永川来苏镇骑龙穴（现在的荆竹村）附近。因这里地理位置特殊，所以根据原江津地区水电局的要求，专门对此地进行了踏勘。经过原江津地区水电局的工程师与原永川县水电局相关同志多次实地考察和反复推敲，设计为双曲大坝，由时任来苏区委副书记叶昌华担任指挥长，于 1966 年 11 月动工兴建。后因社会原因，1967 年 5 月工程暂停（指挥部留有少数人），达 5 年之久。难能可贵的是指挥长却从未离开工地，长年坚持不懈地守在工地上，带着少数留守人员一起肩挑背磨续修大坝。他当时的豪言是："与大坝共生死！"叶昌华是来苏梳妆台村人，旧社会给人当长工，20 世纪 50 年代初参加工作，还参加过来苏剿匪，曾与唐大兴一道用自绑滑竿抢送与土匪作战身受重伤的南下干部、来苏区区长庞凯军到永川县城，成功救了庞区长。

水库建设工程于 1973 年复工，组织来苏、王坪两个公社的社员约 2000 人参与修建。国家补贴每人每天 4 两粮食，石匠每天再补助 2 毛钱，所有参建人员记工分（成年男子 10 分，妇女 8 分，18 岁以下的 7 分，大概就 2 角钱），这些工分可以带回所在生产队参加年终总结。当时，为了得到每天 4 两补助粮，竟有个别十几岁的学生也弃学参加修水库。在那些艰苦的日子里，大家顶烈日、战严寒，风里来雨里去，肩挑背扛，一挑挑、一锤锤，一凿一钻，战天斗地，大干苦干加巧干，直到 1977 年 5 月水库竣工（含堰沟、渡槽等配套工程）。由于进水面坝高，两拱旁凹陷连接处水压最大，则在大坝后端高高地筑起石墩，前低后翘，造型既美观大气又增加了大坝的安全系数。石质大坝长 165 米、高 29 米，坝顶宽 1.9 米，完成土石方近 10 万立方米。水库蓄水后能灌溉来苏良田 1 万多亩，余水继续向南汇入临江河。大坝犹如天上掉下七朵花瓣串联坠落在革命水库大坝上，更像是一条巨龙曲卧在水上；从上往下看，人在花瓣上飘逸；从下往上看，大坝气势恢宏，犹如九根擎天巨柱耸立蓝天白云之间。现今的专业人士指出，大坝设计颇具创意，建筑美感强，集水利学、美学、力学为一体，是西南地区唯一的水文化双曲艺术大坝，当年获四川省科技设计三等奖，成为那个时代的传世工程。大坝对面，指挥部专门在砌筑了 17 轮条石的宽大石壁处，用人工凿刻了毛泽东诗词中的“世上无难事，只要肯登攀”十个大字。

圣水湖畔幸福人家

随朋友去永川南部圣水河边游玩，顺便去圣水河畔的吴恒亮家做了一回客。家乡新农村的变化让我十分惊讶，回到家里久久不能释怀。农村人过上如此令人艳羡的日子，由衷赞叹国家致力于发展经济，改革开放政策下人人共享的改革成果。

如今的圣水河确实不负先人赐名，这是因为自从永川区大力发展农业产业，实行长江流域环境保护“三级河长制”管理后，这里成了连圣贤也得驻足惊叹的地方。清澈、碧绿、弯弯曲曲流淌的河水就像一条玉带穿过长丰村的吴家坝，两岸花香扑鼻。左岸上的吴家坝宛如一片小的平原，这片沃土被规划为农业产业园区，何埂镇政府在永川区相关部门的大力支持和招商引资下，引来天南海北的业主投资建设了柠檬园、樱桃园、脆李、沃柑、粑粑柑，让人目不暇接。圣水河两岸通过河道整治后，田坎软泥路硬化，道路两边栽种了水芭蕉、睡莲、格桑花、再力花。花儿像一条条彩带镶嵌在田野，美丽圣水河成了名副其实的田园画卷。一群村民在果园里一边劳作一边谈笑风生，好一派人人有其为、人人有其乐的新农村面貌。吴家坝不愧是水果之乡、乡村旅游自助采摘网红打卡地。复员退伍军人吴恒亮，就住在风景秀丽的圣水河畔。

吴恒亮的家坐落在距何埂场镇北面两三里路的长丰村吴家坝，一幢二层楼，外加两个小院的家掩映在绿树丛中。门前水田里绿油油的再生稻，似一块翠绿的地毯，十分养眼。水田尽头，黄墙红瓦的围墙里飘出琅琅书声，那是村里孩子就近上学的前锋小学校。不远处，有一条踏水桥河从屋舍旁边静静流过。为了让沿河两岸的村民过上方便舒适又康养的幸福生活，由区镇两级政府出资将河岸打造成休闲公园。沿河三千米水泥路边修有护栏，一经绿化美化，沿河皆是风景。

走进吴恒亮家的院子，眼前的一切，更是让我瞠目结舌。印象中去农村人家时很远就能闻到牲畜粪便的味道，房前屋后堆满农具、柴垛，各种杂物横七竖八胡乱摆放。但是，吴恒亮家里的房间却有很好的功能分区。两个小院干净整洁，绝对感觉不到一丝凌乱。一大片的三角梅从墙角爬上屋顶，再从屋顶垂下来，紫红的花正开得热烈。浓密的葡萄架下一串串翠绿晶亮的葡萄令人垂涎欲滴。满院子都是花。有茉莉花、栀子花、石榴花、兰草花、玫瑰花，还有各种形态迥异的多肉植物，争奇斗艳，美不胜收。显得十分帅气儒雅的吴恒亮还特别有心地用石缸养了睡莲，一群可爱的金鱼在莲下自由自在地游弋。石壁墙爬满了绿藤，墙根下还排满了各类根雕盆景。

见此，我产生一种错觉，仿佛置身于欧洲小镇，花团锦簇，瓜果飘香。环境如此静美、雅致，心中竟有些莫名的感动。

幸福人家外景

我好奇地进屋参观。嗬！厨房用上了干净环保的天然气，自来水也进院入户，净水器、热水器一样不缺，冰箱、组合橱柜一应俱全。每间卧室都是有卫浴的套房，还有一间专用的洗衣房。每个房间都铺上地板砖，我怀疑自己是在五星级酒店里转悠。不，比酒店还要干净。吴恒亮的表姐悄悄对我说他有洁癖，除了上班，成天就在家打理花园，收拾房间。也难怪，这院子就像出自园艺师之手，待在院里悠闲地喝一杯清茶，让人非常舒适惬意。

吴恒亮和章兰听说我们要去他家拜访，特意弄了一桌地道的乡土佳肴款待我们。烧泥鳅、滑肉胡豆瓣汤、凉拌鸡、红烧鸭、韭菜河虾、干烧小龙虾，还有绝对少不了的河水豆花，就着一坛自酿桂花酒。我们品着美味，饮着佳酿，好似来到了陶渊明笔下的桃花源。

吴恒亮说，以前吴家坝有句顺口溜：有女莫嫁吴家坝，落雨三天烧床架。这里的穷主要就是缺柴少煤，何埂没有煤炭厂，煤炭全靠从永川黄瓜山运来。因为这里地处低洼地带，十年有八年涝，一遇洪水就被淹，庄稼冲毁，受害者首先是吴家坝，村民种的庄稼被水淹后只有少量收成。圣水河实行河道综合整治后，整修了沿河护坝，抬高了防洪堤，新建了三座桥——大桥、塔水桥、落板桥。现在即便涨水庄稼也不会被淹没，收成一年比一年好。

吴恒亮的妻子、前锋村小教师章兰告诉我们，现在烧天然气煮饭烧水清洁。原来烧柴火煮饭，两眼被浓烟熏得睁不开眼。洗澡更不方便，提桶温热水到猪圈屋随便洗一下即可。现在好了，热水器一开，从头到脚洗个干净。

每天早晨，吴恒亮和章兰会一起跑步、晨练，他们沿着圣水河公园路，跨过河上三座桥跑一圈刚好一个小时。优美的环境，清新的空气，令人神清气爽。这在以前，是想也没法想的事情。

感谢何琼、晓苹两位好姐妹的热情邀请，感谢吴恒亮、章兰伉俪的盛情款待，是你们让我看见新农村日新月异的变化。现在农村家家都富裕起来了，曾经面朝黄土背朝天，成天只为三顿饱的日子一去不复返了。运用新技术、新信息，农村人开始追求更高层次的健康美好的生活。

在这片山清水秀的环境里，人们平安幸福地生活着，感谢遇上了这个好时代。祝愿家乡人民世世代代永远祥和安康！

这不是在做梦，这是圣水湖畔的新农村；这不是不足与外人道的“桃花源”，这是我们的家乡，美得如梦如幻的家乡。

臨江

临江河之歌

临江河支流永川东站红旗河段

临江河之歌

1=F $\frac{4}{4}$

海清涓 词
赵良川 曲

♩=76 优美地

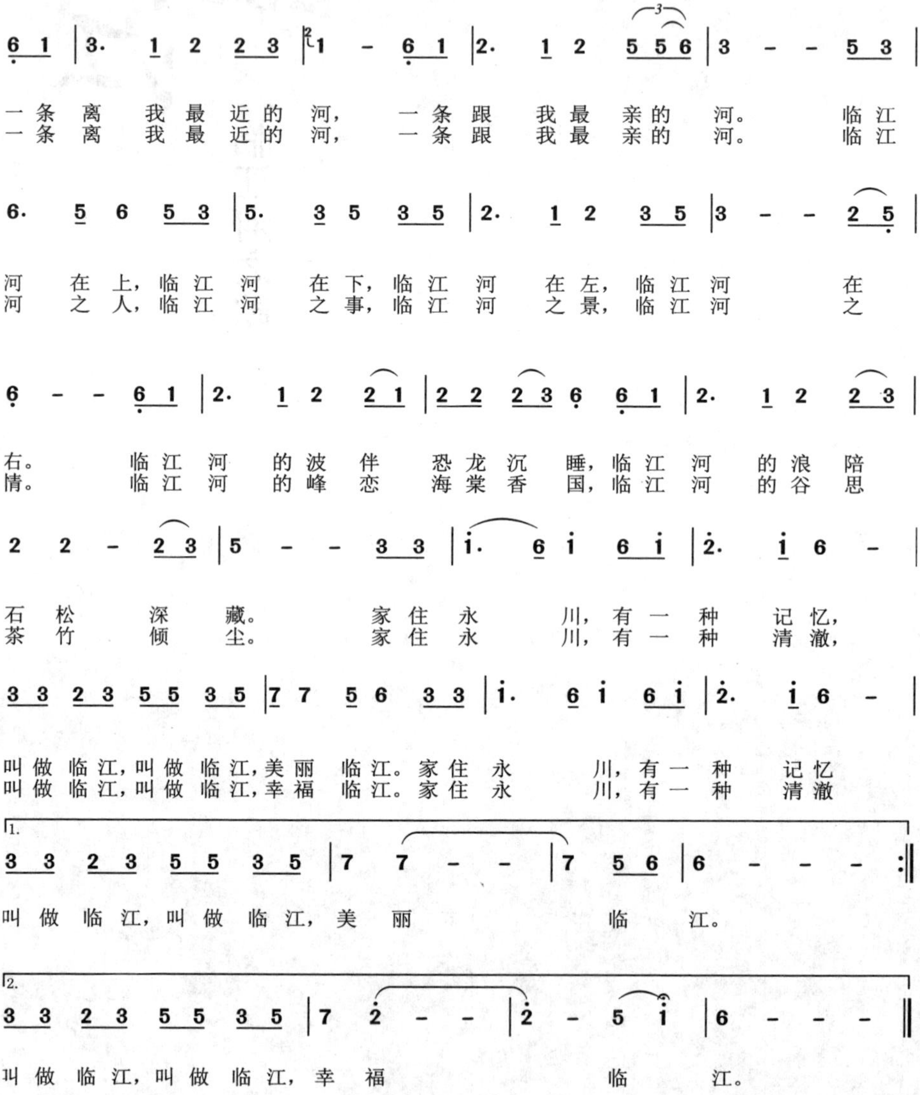

后 记

国家水利部在全国确定了7条幸福河流创建工程，重庆市永川区的临江河列入西南地区唯一的幸福河流创建项目；与此同时，永川区的临江河还被评选为“重庆最美河流”。这是一件大事，也是一件幸事——母亲河的碧水蓝天、河清岸绿，让百万永川人幸福感满满！用文学的形式来记录这件大事和幸事，为工程的持续推进呐喊助力，原是永川作家义不容辞的责任。

为此，兼是永川水利部门一员的重庆作协会员张吉美同志，主动担起了这份责任，约请区内几位实力作家，从临江河的发源地到汇入长江的“入海口”，从临江河干流到几条主要支流，进行了十多天深入实地的源流考察和有针对性的多方采访，又经过几十个日日夜夜的撰写和反复修改及编排，终于在预定的时间内完成了这部图文并茂的书稿。现在回过头去看，书稿以朴实清丽的文笔介绍了临江河的前世今生、古今文化和沿途美景，真切而生动地记录了党和政府领导开展河道治理，人民群众亲河、护河的感人故事以及人们因河而富的美好生活，事实清楚且真切感人，详略得当而重点突出，基本上达到了预期效果，得到了区相关领导和水利部门负责同志的充分肯定。

书稿得以在预定的时间内顺利完成，既离不开采写组作家朋友的精诚团结和分工合作，也有赖于区相关领导、水利部门领导和工作人员的高度信任、大力支持和紧密配合，离不开临江河沿岸镇街、村社及企事业单位的配合与支持，离不开友邻江津区水利局和江津区朱杨镇河道办的友情助力，热心介绍情况并提供资料，特在此一并致以深深的谢忱！

本书的采写工作由张吉美牵头，夏明宇协助统筹并最后统稿，赵厚庆创作了实为代序的《临江河赋》并撰写了美文《临江河之叹》，协助部分改稿，海清涓撰写本书主干文章《临江河源流考察记》的初稿并协助修改，廖益书撰写人们护河与亲水的故事。为进一步丰富本书内容，我们在征得原作者同意后还转载了几则已经发表过的文章和新闻报道。

本书还得到了成都书点文化传播有限公司的协助和大力支持，即将由百花文艺出版社出版，特在此一并深表谢忱！

作者

2023年2月6日